바인더북

바인더북 10

2014년 4월 15일 초판 1쇄 인쇄
2014년 4월 18일 초판 1쇄 발행

지은이 산초
발행인 이종주

기획 팀 이주현 이재범
책임 편집 이정규

발행처 (주)로크미디어
출판등록 2003년 3월 24일
주소 서울시 용산구 원효로97길 46 5층
Tel (02)3273-5135 Fax (02)3273-5134
홈페이지 rokmedia.com **E-mail** rokmedia@empas.com

© 산초, 2013

값 8,000원

ISBN 979-11-255-5281-9 (10권)
ISBN 978-89-257-3232-9 04810 (세트)

BInDER BOOK

바인더북

10

| 산초 퓨전 장편소설 |

contents

BIUDER
BOOK

달마상법

반포동에 위치한 ㈜클리어 가드.

보는 이로 하여금 마음을 여유롭게 하는 널찍한 실내다.

거기에 담용과 심종석 중사 그리고 군대 동기들, 즉 이제는 경호원 회사의 직원이 된 대원들이 탁자를 둘러싸고 앉아 있었다.

담용을 비롯한 면면들까지 모두 열한 명이다.

군대 동기 열 명에 자동차 정비업소 사장인 장지만이 끼어 있는 것이다.

그런데 여유로운 공간과는 달리 조금은 무거워 보이는 분위기로 보아 뭔가 심상치 않은 과제를 놓고 숙의 중인 듯했다.

이를 반영이라도 하듯 정 중사, 즉 정태천이 갑갑했던지 덩치만큼이나 큰 돌주먹으로 가슴을 퍽퍽 쳐 대며 특유의 괄괄한 음성을 토해 냈다.

"어이구, 답답혀. 이 화상들아, 여기서 죽치고 앉아 의논만 한다고 해결이 되는겨? 후딱 여수로 내려가 뽈뽈거리며 찾다 보면 뭔가 얻어걸릴 걸 가지고 뭔 말들이 그렇게 많은겨?"

벌떡.

"언능 일어들 나라구. 야야, 은철아, 장비 챙겨라! 후딱 내려가게. 엉?"

"에구, 저 화상. 지랄이 또 도졌네. 얌마, 그렇게 막무가내로 간다고 해결이 되냐? 뭐라도 알고 가야 행동을 취할 것 아냐?"

"그래, 은철이 말이 맞다. 나도 마냥 죽치고 앉아 있는 게 마음에 안 들지만, 성급하게 나설 일은 아닌 것 같다. 그러니 잠시만 더 기다려 봐."

"씨불. 그람 5분 내로 끝내. 나 미쳐 불기 전에."

털썩.

민동호의 말에 정태천이 마지못해 다시 주저앉았지만 입은 이미 오리주둥이가 된 상태다. 동료들의 뭉기적거리는 짓거리가 그만큼 답답했던 모양이다.

'흠, 아무래도 배 중사님, 아니 배 형사님을 만나 그쪽 정

보를 물어보는 게 좋겠어.'

정태천이 지랄을 떨든 말든 턱을 매만지며 골똘히 생각에 잠겨 있던 담용은 자신들의 기수에서 없다면 선배 기수들에서라도 여수 출신을 소개받고 싶었다.

"모두 주목해 봐."

담용의 말에 조금은 산만해져 가던 분위기가 금세 정리되면서 시선들이 한데 쏠렸다.

"뭔 좋은 수라도 생각났냐?"

반색을 하는 심종석의 물음에 담용이 담담하게 입을 뗐다.

"우리 중 누구도 여수신항에 대해 아는 사람이 없으니 이 상태로 출장을 가는 건 무리일 것 같다."

"그야……."

작전지역에 대해 대원들이 세세히 꿰고 있어야 하는 건 기본이다. 그런데 동료들 중 그 누구도 여수신항은커녕 여수지역에 대해 조금도 아는 바가 없었으니, 정태천이처럼 모두들 갑갑해하는 것이다.

시간에 여유가 있다면 별로 문제 될 게 없지만, 지금은 사토 요시오라는 이름만 달랑 아는 것 외에 목적조차 뚜렷하지가 않은 상황이라 섣불리 움직일 수가 없는 상태였다.

그야말로 맨땅에 헤딩을 할 수밖에 없는 처지.

하지만 시선을 끄는 단서가 전혀 없지는 않았다.

사토 요시오란 자가 야쿠자의 간부라는 것.

그것도 담용이 두 번씩이나 발가벗겨 버린 모리구치구미 소속의 야쿠자였으니, 정보망팀으로부터 그 소식을 듣자마자 동료들을 집결시키고는 죄다 까발린 터였다.

"그래서 말인데 아무래도…… . 부대 행정관님께 협조를 좀 구해야겠다."

"아! 그거 좋은 생각이다."

"맞다. 이 일은 굳이 동기가 아니더라도 상관없지."

"그렇지. 선배든 후배든 누군가 한 명쯤은 있을 거야."

심종석과 민동호가 번갈아 가며 눈을 빛냈다.

13공수여단을 거쳐 간 부대원들 중에 여수 출신이 없을 수야 없지 않겠는가?

"그래. 그러니 종석이 네가 한번 다녀와야겠다."

"이봐, 육 중사, 시간이 없다며?"

"글쎄, 나도 그걸 잘 모르겠다."

사토 요시오가 여수신항에 있다는 것만 아는 상태라 당연했다.

하지만 중간 보스급의 야쿠자가 그 홀로 여수신항에서 일을 보고 있을 리가 없다고 판단되었기에 대원들과 함께 가보려는 것이다.

고로 아직은 그 어떤 계획도 세워져 있지 않았다.

"아무튼! 우리가 일찍 도착해서 나쁠 건 없지 않겠냐?"

"그야 그렇겠지."

"그렇다면 아예 내려가면서 부대에 들렀다가 가면 시간도 절약되고 좋잖아?"

"흠, 그거……. 괜찮은 생각이다. 근데 난 같이 출발하지 못해."

"아니. 왜?"

"급하게 할 일이 있어."

"그래?"

"응. 그러니 종석이 네가 지휘를 해. 동호는 종석이를 보좌하는 걸로 하지. 모두들 어때?"

"뭐, 어디서 무얼 하던 지휘 체계는 있어야 하니까……. 난 상관없다."

"월급만 제때 주면 우리도 상관없어. 안 그래? 쿠쿠쿡."

"크크큭, 나도 그래."

"후후훗, 아임 투!"

민동호의 말에 이어 동료들이 서로를 마주 보며 킥킥댔다.

"하하핫, 월급뿐이겠냐? 사안에 따라 수당도 넉넉하게 챙겨 줄 수 있을 테니, 어머니께 통장이나 잘 맡겨 놔라."

"어어어, 이봐, 육 중사, 수당은 따로 줘야지. 전부 통장에 입금시켜 버리면 어떡해?"

"맞다. 그렇게 되면 우리가 쓸 게 없잖아?"

"시끄럿! 허튼소리들 하지 말고 따박따박 모아서 장가갈 생각이나 해."

"이런! 육시랄 넘을 봤나. 애를 써서 번 돈으로 술도 한잔 하고 해야 보람이 있지. 그걸 몽땅 갖다 바치면 뭔 재미로 살아?"

"시끄럽다. 술 마실 돈은 종석이에게 맡겨 놓을 테니 기회를 봐서 마시면 돼."

"참! 육 중사."

"응?"

"말이 나왔으니까 하는 말인데 우리 클리어 가드에 여직원을 한 명 뽑았으면 하는데……. 어떻게 생각해?"

"하긴……. 앞으로는 종석이 너 혼자로는 벅차겠지. 적당한 애 있어?"

"아직은……."

"그래?"

고개를 갸웃하던 담용이 마침 좋은 생각이 났는지 동료들을 주욱 돌아보며 말했다.

"혹시……. 너희들 중에 여동생 없어?"

"여, 여동생?"

"응, 이왕이면 참한 애가 좋겠지."

"끄응, 참한 애도 좋지만 이렇게 무지막지한 놈들 사이에서 견뎌 낼 수나 있을까?"

"얼라리? 민동호, 이거 왜 이래? 우리같이 순한 얼라들이 어디 있다고 고로코롬 씨부려 쌌냐? 씨부려 쌌길."

"인마, 정태천! 너처럼 그렇게 입이 험하니까 하는 말이잖아? 여자애들이 그런 험악한 말투에 주눅이 안 들겠냐?"

"읍! 내, 내가 뭐라고 했다고……. 난 암말도 안 했다."

"너……. 여직원이 오면 점잖게 대할 수 있어?"

"나아참……. 나를 뭘로 보고 그런 소리여?"

퍽퍽퍽.

"나만 믿어 부러. 이 널찍한 가슴만큼 팍팍 믿어 뿌리랑게."

"쳇! 고작 그것뿐이냐?"

"잉? 또 뭐가 있당가?"

멀뚱한 표정을 짓던 정태천이 뭔가 떠올랐는지 '아!' 하더니 또다시 가슴을 쳐 댔다.

"그, 그렇지! 언놈이든 쳐들어와서 찝쩍대기라도 하면 나가 모다 처리해 뿌릴 거구먼. 돼, 됐냐?"

"후후훗. 좋아, 그렇다면 내 여동생을 데려오도록 하지."

"엑! 저, 정말!"

"응. 마침 다니던 회사가 부도가 나는 바람에 집에서 쉬고 있거든."

"오오, 그래? 며, 몇 살인디?"

"어? 그건 왜 물어?"

"응? 그, 그야……. 인자 우, 우리 직원이 될 것인 게 그렇재."

"정말 그런 생각이라면 가르쳐 주지. 스물네 살이다."

"흐미, 스물네 살…… 으흐흐흐……."

"인마! 웃음소리가 왜 그리 음흉해!"

의뭉스러운 웃음을 흘리는 정태천을 쳐다보는 민동호의 눈초리가 가늘어질 때 담용이 입을 열었다.

"자 자, 조용히 하고……."

담용이 동료들을 조용히 시키더니 말을 이었다.

"동호야, 정말 여동생이 올 수 있냐?"

"아마도……."

"그럼 경리를 본 경험은 있고?"

"상업학교를 나왔으니까 당연하지. 다니던 회사에서도 경리과에 있었거든."

"오호! 그거 잘됐다. 그렇다면 여직원 문제는 해결된 것 같네. 종석이 네 생각은 어때?"

"나야 대찬성이지. 더구나 동호의 여동생이면 우리 모두의 여동생이니 생판 남보다야 낫지 않겠어?"

"그래, 그렇게 생각하면 편하지. 그럼 더 이상 다른 문제는 없는 걸로 알고……."

"아! 잠깐."

"어? 계 중사. 할 말이 있으면 해."

"다른 게 아니고 거기서 움직이려면 장 사장에게 차량을 부탁해야 할 것 같은데……."

계형일이 옆에 가만히 앉아만 있는 장지만을 흘끗거리며 뒷말을 삼켰다.

　"당연하지. 기동성이 없으면 일을 어떻게 해? 그래서 여기 참석하게 한걸."

　"하핫, 내 그럴 줄은 알았지만……."

　"장 사장 님도 같은 식구니까 너무 어렵게 생각하지 마라. 어차피 일을 하려면 차량 한두 대 가지고는 어려우니 장 사장님의 협조가 절대적으로 필요해."

　"하긴 2인 1조로 움직일 수만 있다면 그보다 좋은 건 없겠지."

　딱!

　"바로 그거야."

　손가락을 튕긴 담용이 장지만을 쳐다보았다.

　"장 사장님, 준비는 됐습니까?"

　"예. 승합차 한 대에 지프차 두 대 그리고 승용차 두 대로 준비해 놨습니다."

　"인원은요?"

　"저까지 다섯 명입니다. 각자 한 대씩 담당할 예정이지요."

　"흠, 메인은 승합차가 되겠군요."

　"예, 움직이는 본부가 필요할 것 같아서요. 제가 담당이지요."

"혹시라도 유사시에 노출될 걸 염려해서……."

"아아, 그건 염려하지 않으셔도 됩니다. 웬만한 장비는 다 갖추고 떠날 테니까요."

"좋습니다. 심 중사, 언제 떠날 수 있지?"

"오늘이라도 상관없어."

"어? 그래?"

"근데 넌 언제 내려올 건데. 혹시 안 내려오는 건 아니지?"

"물론 당연히 내려가야지. 근데 이삼일 내로는 어려울 것 같다. 그렇지만 그 전에라도 내려갈 상황이라 여겨지면 곧바로 출발할게. 마침 여수공항이 있으니 비행기로 가면 그리 오래 걸리지는 않을 거다."

"그렇군. 여수공항이 있었네."

"하지만 비행편이 자주 있는 게 아니라서 시간을 잘 맞춰야 할 거다."

"명심하지. 자 자, 더 이상 질문이 없으면 모두들 숙지한 걸로 알겠다. 거듭 말하지만 결정적인 단서가 발견될 때까지 경거망동하지 않길 바란다. 더구나 낯선 곳인 데다 토박이가 아니라면 쉽게 노출될 수 있으니 그 점을 염두에 두고 행동하도록."

"염려 마라. 다섯 군데로 분산되어 있으면 우리가 같은 일행인지 분간하기는 어려워. 게다가 여행하는 사람으로 행세하는 데야…….”

“그렇다면 이 기회에 회나 실컷 먹어 볼까나?”

“얼씨구. 박영길, 정신 못 차리지. 우린 놀러 가는 게 아니라구.”

“어허, 대훈이 자넨 우리가 여행객 행세를 해야 한다는 걸 못 들었냐? 글고 그깟 횟감 좀 먹는다고 일에 차질이 생길 정도로 우리가 녹록한 사람이냐?”

“맞다. 일에 차질만 없다면 마음대로 먹고 마셔도 돼. 거기까지 가서 먹는 걸 앞에 두고 스트레스를 받으면 곤란하지.”

“하하핫, 역시 육 중사답다.”

“아참! 나도 여수신항에 대해 잘 아는 사람을 알아볼 테니까 부대에서도 없다면 너무 조급해하지 말고 기다려 줘.”

“에이, 설마 한 사람이야 없으려고.”

“물론 있겠지. 하지만 타지에 나가 있을 수도 있으니까 그래.”

“어? 글고 보니 그럴 수도 있겠네.”

“맞아. 돈 벌러 도회지로 갔다면 고향에 없을 수도 있겠다.”

“바로 그거야. 자 자, 난 가 볼 테니까 수고들 해 줘.”

“어, 그래.”

“육 중사, 염려 푹 놓고 기다리고 있으라고.”

“하하핫, 그래그래. 가능하면 내가 안 내려가더라도 너희들 손으로 해결이 됐으면 좋겠다.”

“그거……. 불가능한 거 알고 하는 소리지?”

"후후훗, 수고들 해 줘."

강남경찰서 인근의 해장국집.

막 해장국 두 그릇을 시켜 놓은 배수철이 변죽을 울리는 어투로 입을 열었다.

"바쁘디바쁘신 우리 후배님께서 어쩐 일로 시간을 다 내서 방문을 하셨나 몰라?"

"선배님, 지금 가까이 있으면서 오랜만에 왔다고 놀리는 거지요?"

"어라? 벌써 눈치챘냐?"

"참내, 그러는 선배님은 수사 결과를 알려 주겠다고 약속을 해 놓고는 입을 싹 닦는 겁니까?"

"엉? 내가 뭐, 뭔 입을 싹 닦았다고 그래?"

"헐! 지문 감식을 해 보라던 것을 잊었단 말입니까?"

"아! 그, 그거?"

"참내. 그새 잊었을 리는 없을 테고…….."

"그거……. 결과를 알려 주기로 했었다고?"

배수철이 전혀 모르고 있었다는 듯 생뚱맞은 표정을 자아내며 담용을 물끄러미 쳐다보았다.

"그럼요."

"그, 그래?"

"아무튼 도움이 좀……. 아니, 제가 알려 준 방법을 일러 주기나 했습니까?"

"크흐흐흐, 당연히 말해 줬지."

'훗! 잘됐나 보네.'

웃음소리만 들어도 느껴졌다.

"국과수에서 선배님의 말을 바, 받아들였단 말입니까?"

"응, 그 점이 나를 놀라게 했지."

"역시 국과수 부검의들은 다르군요."

"그래, 돈만 밝히는 의사들과는 추구하는 바가 달랐던지 내 얘기를 듣는 순간 곧바로 실험에 들어갈 정도로 놀라는 걸 보고 여태껏 그런 방식을 모르고 있었던 것 같은 생각이 들더라."

말의 의미인즉 국과수에서 오랜 시일이 지난 데다 물에 퉁퉁 불기까지 한 시신의 손가락을 뜨거운 물로 피부를 팽창시켜 숨어 있는 지문을 도드라지게 하는 방법을 알지 못하고 있었다는 뜻이다.

거듭 말하지만 우리나라에서 개발한 이 기술은 한국의 지문 감식 수준을 세계적인 반열에 올려놓았다.

실제로 이 방법은 2004년 동남아 지진해일 참사 때 큰 위력을 발휘하기도 했다.

"그, 그래서요?"

"9일 만에 지문 채취에 성공했지. 중지에서는 활모양의 궁상문弓狀紋이 나오고, 약지에서는 말굽 모양의 제상문蹄狀紋이 확인됐거든."

"그럼 신원이 밝혀졌겠군요."

"남편으로부터 이미 가출 신고가 되어 있던 가정주부였어."

"버, 범인은요?"

"그녀의 남편."

"에?"

"수사에 대해 자세한 얘기는 못 해 주지만 밝혀진 결과는 그래. 그것도 이틀 전에 종결된 사건이지."

"흠, 신원을 밝혀 놓고도 시간이 꽤 걸렸네요."

"나름의 애로가 있었거든. 아무튼 알려 주기로 해 놓고 안 알려 준 건 미안하게 됐다."

"하하핫, 괜찮아요. 만나자마자 타박부터 하시기에 괜히 대거리로 해 본 말인걸요."

"아니야. 내가 그 덕분에 내년 초 진급 심사 때 조금 유리하게 된 게 사실이니 미안하지."

"어? 정말요?"

"응. 사건이 딜레마에 빠져 있던 상황에서 결정적인 단서를 제공했으니 그 공이 어디 가겠냐? 당연한 거지."

"그럼……. 내년에 확실히 말똥가리 하나인 경위로 진급하는 겁니까?"

"글쎄다. 솔직히 말하면 그것만으로는 조금 약하지 싶다. 워낙 경쟁자가 많아 놔서……."

"헐! 그쪽도 진급 정체 현상이 심합니까?"

"조금……. 그래도 공이 확실하면 진급에 유리하지. 어? 해장국이 왔다. 조금 비켜 줘라."

"아, 예."

담용이 얼른 자리를 비켜 주자 여종업원이 펄펄 끓는 해장국이 담긴 뚝배기 두 개를 들고 와서는 식탁에 놓으며 눈웃음을 쳐 댔다.

"배 형사님, 맛있게 드세요."

천성이 그런지 말투가 더없이 살가운 것이 듣는 이로 하여금 귀를 즐겁게 만들고 있었다.

"어……. 그, 그래요."

"오늘은 처음 보는 분과 식사를 하시네요."

"아, 군대 후배……."

'엉? 뭐, 뭐야? 대장부 배 선배가 왜 저렇게 쩔쩔매?'

꼬박꼬박 대꾸를 해 주는 것도 모자라 말을 더듬거리기까지 한다. 눈을 어디에 둘지도 모르는 데다 얼굴도 조금 붉어진 것 같고.

이에 담용이 여종업원을 힐끗 쳐다보았다.

'엉? 청상?'

단박에 드러난 관상은 여종업원이 청상과부의 대표적인

얼굴이라는 것이다.

석고상 같은 피부에 예쁘장하면서도 귀여운 상.

바로 관상학에서 말하는 청상과부가 될 대표적인 관상이다.

물론 100%의 확률이 아닌 통계학일 뿐이다.

하지만 고래로 청상과부가 된 여인들 중에는 추녀는 드물고 십중팔구는 미인이란 소리를 듣는 여자들이다.

몸매야 어떻든 여종업원 역시 그런 범주에 속하는 얼굴상인 것만은 틀림이 없었다.

한데 담용이 기운을 주입해 슬쩍 들여다보며 관조해 본 결과는 사뭇 다르다.

'호오, 여자치고는 기운이 대차구나.'

청상과부의 기미를 단숨에 허물어 버릴 기색이 그녀의 몸에 존재하고 있다는 점이 자못 놀라웠다.

그것도 큰물이 넘실대듯 웅장하게 웅크리고 있으니 놀란 담용이 심호흡까지 하며 마음을 진정시켜야 할 정도다.

그것만으로도 웬만한 흠은 그냥 넘겨도 될 것 같았다. 아니, 충분했다.

그런 그녀가 담용을 바라보며 환하게 웃는다.

"호호호, 씩씩하게 잘 생기셨네요."

도톰한 입술 사이로 드러난 하얀 치아가 가지런하다.

"아, 예, 감사합니다."

"호호호, 진심이에요."

웃는 눈꼬리의 끝도 두껍다. 이는 웃음 주름이 곱다는 의미로 기상이 아주 맑다는 의미다.

관상에서 제일로 치는 것이 바로 그 사람의 기색이 어떠하냐는 것이다. 즉 아무리 골격이 좋다고 해도 기색이 나쁘면 만사휴의인 것이다.

다시 한 번 기운을 내보내 스캔을 해 보니 여성적인 기운이 맑고도 왕성한 가운데 희미한 심마가 잡히는 듯하다가 미꾸라지처럼 손아귀를 빠져나가는 느낌이다.

'쯧, 어쩌다가…….'

여종업원에게 느껴진 기운 중 흑혈, 즉 나쁜 기운이 감지되었지만 다행히 그 기간이 매우 짧았다.

이는 결혼한 지 한두 달 만에 청상이 됐다는 소리임과 동시에 그 치유도 빨랐다는 뜻이다.

담용에게서 눈길을 거둔 여종업원이 배수철에게 살갑게 말을 건넨다.

"배 형사님, 오늘은 술 안 마셔요?"

"그, 근무를 해야 돼서…….."

배수철의 고개 조금 더 수그러졌다.

"아! 그렇구나. 그럼 맛있게 드시다가 모자라는 게 있으면 부르세요."

"그, 그래요."

손님을 대하는 태도나 말에서 지나치지도 넘치지도 않는

절제가 엿보인다.

여종업원이 가려는 기척에 배수철의 고개도 슬며시 들렸다.

"……!"

얼떨떨한 표정으로 배수철을 쳐다보던 담용이 그제야 쟁반을 들고 자리를 벗어나려는 여종업원의 자태를 자세히 살펴보니, 대략 서른 전후의 약간 통통한 체구를 지닌 여자임을 알 수 있었다.

"아, 뭐 해? 안 들고?"

"예? 아, 예예."

두 사람이 하는 양을 보고 있다가 순간 멀뚱해져 있던 담용이 화들짝 놀라서는 수저를 들고 얼른 떠먹기 시작했다.

연거푸 몇 숟가락을 떠먹고는 슬쩍 눈치를 살피니 연신 후르륵 소리를 내며 퍼먹는 배수철의 안색이 헬쑥하지 않은가?

눈 주위가 다크서클로 인해 까만 것이 몇 날 밤을 새운 흔적임을 대번에 알 수 있었다.

'쯧. 또 밤을 새운 건가?'

며칠 밤 내내 잠복근무를 했다면 하루쯤 퇴근을 해서 푹 쉬어 줘야 함에도 그러지 못하고 있다는 것은 시간에 쫓기는 사건에 매달려 있거나 아니면 골치 아픈 사건을 맡고 있음을 뜻했다.

그런 생각이 들자, 담용은 문득 자신이 도와주면 어떨까 하는 생각이 들었다.

그러지 않아도 자신에게 사이코메트리라는 능력이 확실히 존재하는지 궁금했던 터라 이 기회에 슬쩍 시험을 해 봤으면 하는 마음이었다.

　뭐, 성주산에서 느꼈던 것처럼 어느 정도 짐작은 하고 있는 상태지만 확신이 필요했다.

　그것도 자칫 애먼 사람을 잡을 수도 있는 수사로 시험해 볼 생각인 것이다.

　더욱이 담용 자신이 형사가 아닌 바에야 시험해 볼 기회가 언제 또 있을까 생각하면 지금이 기회일 수도 있었다.

　젓가락으로 깍두기를 집던 담용이 슬쩍 물었다.

　"얼굴이 그게 뭡니까?"

　"응?"

　"며칠 날밤을 새운 사람 같아 보여서요."

　"형사란 직업이 원래 그렇지 뭐."

　"식사는 제때 해요?"

　"푸헐! 형사들 중에 위장병 안 걸린 사람이 있는지 물어봐라. 아마 한 사람도 없을걸."

　"하긴……."

　탁!

　배가 고팠었던지 게걸스럽게 해장국 한 그릇을 비운 배수철이 주방 쪽을 힐끗 쳐다보더니 헛기침을 하며 어색하게 물었다.

"크흐흐흠. 너……. 저 여자…….."

"……?"

"어때 보이냐?"

"방금 왔던 여종업원요?"

"그래."

"쿠쿠쿡, 어쩐지 눈치가 좀 이상하더라니…….."

"어? 눈치챘었어?"

"하하핫, 곧 죽어도 사내대장부라고 자부하는 선배님이 여종업원의 한마디에 말을 더듬어 대니 의심스러울 수밖에요."

"끄응."

'호오, 노총각이 마침내 장가를 가기로 마음을 먹었나 보네.'

담용의 7년 선배이니 나이가 서른넷이 되는 배수철이다.

아마도 직장 근처라 자주 드나들며 해장국을 먹다 보니 여종업원이 눈에 들어온 듯싶다.

늦장가일수록 신중해야 했을 테니 말본새는 물론 행실 하나하나까지 눈여겨봤을 테고.

그렇다면 조금은 신중하게 카운셀러 노릇을 해 줄 필요가 있었다.

더구나 담용 자신이 부탁할 것도 있음에야.

"마음에는 있고요?"

"응, 난 1년쯤 됐는데……."

"호오, 호감을 가진 지 1년이 됐다는 겁니까?"

"그, 그래. 그때부터 이 식당에 나왔으니까."

여종업원이 식당에 나와서 일한 지가 1년이 됐다는 얘기다.

"저쪽은요."

"글쎄. 딱히 싫어하는 것 같진 않은데……. 정식으로 말을 못 꺼내다 보니……. 잘 모르겠다."

'저런!'

서로가 속내를 내비친 적이 없다는 말이 아닌가?

"그냥 손님으로 호감을 가졌을 수도 있잖습니까?"

"그럴 것 같아서 말도 못 꺼내고 있다. 사실이라면 내 자신이 엄청 실망할 것 같아서 말이다."

"헐!"

"얀마, 그런 표정 좀 짓지 마라. 너니까 하는 말이다만……. 좋아한다는 말 한마디 꺼내는 게 보통 일이 아니더라고."

"그야……."

평생의 반려가 될 여자의 마음을 얻는 일이 어디 쉬운 일이랴?

"차라리 깡패 새끼들 하고 한바탕 춤을 추는 게 낫지……. 솔직히 자신이 없다."

"후후훗, 원래 중이 제 머리 못 깎는 법이니 당연한 겁니다."

"그 말……. 목하 실감하고 있는 중이다. 젠장할."

후르륵.

자신도 답답했던지 냉수 한 컵을 단숨에 비워 버리는 배수철이다.

　'쩝, 또 중매쟁이 노릇을 해야 하는 건가?'

　첫 작품인 유장수와 이미례 팀장은 서로 나이가 있는 만큼 현재 조심스럽게 진행해 가고 있는 중이다.

　'쯧쯔쯔…….　우직한 양반이라 저 여자에게 말을 걸기를 기다리다가 지레 늙어 죽을 판이니…….'

　물론 도와주는 거야 그리 어렵지는 않다.

　문제는 배수철과 여종업원 둘 다 만족할 만한 도움이 돼야 한다는 점이었다.

　'방법이…….　아! 그래, 관상으로 하지 뭐.'

　근자에 들어 가장 잘하는 것 중 하나가 되어 버린 관상법이다.

　어차피 자신이 지닌 기운으로 사이코키니시스를 발휘해 상대를 관조해 보면 무슨 생각을 하는지 정도는 알 수 있으니 연극만 잘해 낸다면 그리 어려울 것 같지도 않았다.

　당연히 담용 자신이 관상의 대가가 되어야 했고, 나아가 자신을 잘 아는 배수철이 이해할 수 있는 다른 면모를 보여 줄 필요가 있었다.

　그래야 신빙성이 있다고 여길 것이다.

　'그래, 달마상법達磨相法이 좋겠다.'

　다른 뜻이 있어서가 아니라 불가의 달마라면 좀 그럴듯해 보일 것 같아서다.

뭐, 가공된 인물이란 설도 있지만 그것까지야 알 필요가 없지 않은가?

아무튼 담용이 두 남녀의 인연을 맺어 주기 위해 조금은 강렬한 임팩트를 가질 필요가 있다고 여겼기에 달마까지 동원한 것이다.

'접신을 했다는 것보다 빙의한 걸로 우기는 게 낫겠지?'

못 믿어도 할 수 없다.

단지 뜬금없고 엉뚱한 말이라도 결과만 좋다면야 과정에서 조금 엇나갔더라도 상쇄시킬 수 있는 부분이니 괜찮다.

'후후훗. 배 선배가 무지 놀라겠는걸.'

"선배, 제가 좀 도와 드릴까요?"

"네, 네가?"

"하하핫. 예, 선배님보다 먼저 여자를 낚았으니 자격이 있지 않습니까?"

"하긴……. 그건 인정한다. 근데 어, 어떻게 하려고?"

"후후후, 제게 한 가지 특기가 있는데……. 아! 물론 제대 후에 생긴 능력이라 선배님도 모르는 겁니다만……."

"그, 그게 뭔데?"

"뭐, 꼭 써야 할지도 잘 모르겠네요."

"아, 글쎄, 뭔데 그래?"

"그게……. 잘 믿기지 않겠지만 제가…… 제대하자마자

집안 사정으로 사찰을 짓는 곳으로 막노동을 갔었거든요."

"자네 집안 사정이 안 좋은 거야 내가 잘 알지. 그래서?"

"근데 거기서 때아니게도 신 내림 비슷한 걸 받았지 뭡니까?"

"뭐, 뭐라? 시, 신 내림을 받았다고?"

"예. 마침 거기 계시던 주지 스님이 확인을 해 줬으니 확실할 겁니다."

"헐! 신 내림이라니! 하면 네, 네가 접신을 했단 말이냐?"

"아, 접신을 한 건 아니고요. 스님 말씀은 빙의 같은 경우라고 하더라구요."

"빙의? 귀신에 씐 것 말이냐?"

"뭐, 그렇죠. 죽은 자들 중에 누군가 한을 풀지 못하고 이승을 떠돌다가 제 심신이 가장 약할 때 슬쩍 들러붙었다고 하던데요?"

"스님이 그랬다고?"

"예."

"어, 어떤 귀신인데?"

"그냥 잠시 기절했다가 일어났는데 그 뭐냐……. 달마 아시죠?"

"달마? 중국에 있는 소림사의 달마란 중 말이냐?"

"예."

"그럼 달마란 중이 네게 씐 거야?"

"아뇨, 얼굴을 보는 관상쟁이인데……."

담용이 검지로 자신의 얼굴을 가리키며 하는 말에 배수철이 미간을 찌푸렸다.

"엥? 과, 관상쟁이?"

"예."

"내, 내가 아무리 무지하다고 해도 세상에 그런 경우도 다 있나 싶긴 한데……."

"내게 그런 일이 생겼으니까 있다고 봐야지 않겠어요? 물론 저도 얼떨떨했지만 일상생활을 하는 데는 아무런 지장이 없더라고요. 스님 말씀도 그랬고요."

"근데 그 많은 귀신들 중에 왜 하필이면 관상쟁이냐?"

"그게……. 자꾸 달마가 어른거리면서 사람 얼굴을 자꾸 살피게 된다고 했더니, 스님이 하신 말씀이 제게 씐 귀신이 달마상법에 미쳤던 자일 거라고 하시더라고요."

"헐!"

"그래서 저는 못 느끼는데 빙의했을 때의 제 모습이 조금 살벌할 거라고 했어요."

"어? 그, 그래?"

"예, 후후훗. 그리고 덧붙여서 하시는 말씀이 관상만 봐주고도 평생 굶는 일은 없겠다고 하셨어요."

"그야……."

"그래서 나이가 들고 정 할 일이 없으면 이쪽 길로 나가 볼 마음이기도 해요."

"풋! 좋겠다. 그거……. 정년이 없는 직업이잖아?"

"하하핫, 그게 그렇게 되나요?"

'휴우! 힘들다.'

거짓말을 하는 것이 이토록 힘들 줄이야.

'이 정도로 끝내야지. 더했다간 들통이 나고 말겠다.'

거짓말이 거짓말을 낳다 보니 내뱉은 말의 아귀를 맞추느라 갈수록 힘들어진다.

아직도 의심의 눈초리를 거두지 않고 있는 배수철이 여종업원을 슬쩍 쳐다보더니 목소리를 낮췄다.

"내가 겪어 본 바로는 비록 종업원이지만 절대 만만한 여자가 아닌 것 같더라. 그러니 쓸데없이……."

"아, 알았어요. 저도 지금 진지하다고요. 또 그걸 느꼈기에 도와주겠다고 한 것이고요."

"근데 사주가 아니고 관상만으로…… 될까? 이왕이면 사주도 곁들이는 게……."

"에이, 주역을 바탕으로 하는 사주야 전문적으로 공부를 한 사람이 보는 것이라 저와는 관계가 없지요. 관상은 사람의 얼굴을 보고 그의 운명이나 성격 등을 판단하는 것이니 달마상법으로 관觀해 보면 아무리 경험이 없다고 해도 자신 있게 대답할 수 있어요."

"이랬든 저랬든 네가 신력神力으로 관상을 본다는 거잖아? 달마가 빙의한 신력으로 말이다."

"달마가 아니라 달마상법에 정통한 귀신이라니까요."

신력을 유난히 강조하는 배수철의 말에 담용의 대답이 조금 떨떠름하다.

그렇게 설명해도 여전히 믿지 못하는 것 같아 아예 기운을 주입해 믿도록 만들어 버릴까 하는 생각이 들었다.

그렇게까지 해서라도 설득시킬 이유는 딱 한 가지다.

이대로 그냥 지나치면 지난 삶처럼 지천명이 다 되도록 노총각으로 살아갈 것이 빤하니 구제를 해 줘야만 했다. 즉 심하게 표현하면 배수철이 자신의 앞날이 어찌 될지 분간도 못하고 뻗대고 있는 격이라 더 답답한 것이다.

뭐 이외에도 배수철에게 빚 하나 정도는 걸어 놔도 나쁠 것은 없었지만…….

"나참, 한번 믿어 보라니까요."

"그게……. 내 평생 처음 듣는 이야기라 선뜻 그래라 하기가 좀 그러네."

"그럼 선배님 혼자서 머리를 깎을 자신이 있어요? 그렇다면 저도 여기서 손을 떼고요."

"끄응."

"그럴 자신이 없으면 제가 온 김에 결정을 보지요."

"쩝, 1년 동안이나 애를 태우다 보니 나도 더는 늦출 수가 없다는 건 알아."

"그럼 끝났네요. 시작하죠."

"정말 자신 있는 거지?"

"흐이그, 자꾸 그러면 당장 일어나서 갑니다."

자꾸만 의심 조로 되묻는 말에 담용이 신경질이 났는지 일어나려고 엉덩이를 들썩거렸다.

"아아, 기다려. 근데 말이다. 어쭙잖은 돌팔이일 것 같으면 관계를 악화시킬 수도 있다는 건 알지?"

"글쎄, 알았다니까요."

"너……. 노파심에서 묻는 말인데 빙의한 후에 관상을 봐준 경험이 있기나 한 거냐?"

"아뇨. 바빠서 그럴 시간이 있었어야지요."

"뭐라? 처음이라고?"

"예. 왜요? 걱정돼요?"

"네가 내 입장이라면 어떨 것 같냐?"

"아아, 심정은 이해하지만 걱정하지 않아도 돼요. 절대로, 네버!"

"젠장. 한 번도 경험한 적이 없다며?"

"히히힛, 딱 한 번 있긴 했어요."

담용이 손가락 하나를 세우며 짓궂게 웃어 댔다.

"어? 그래?"

"예."

"누, 누구?"

"제 애인요."

"애인? 제, 제수씨 말이냐?"

"예."

"흠, 그래 봐야 한 번인걸……."

"제가 걱정하지 말라는 이유는 그 한 번의 경험만으로도 굳이 경험이 많을 필요가 없다는 것을 알았거든요."

"어? 왜?"

"제가 관상을 보려고 마음을 먹으면 누군가 제 대신 몸을 차지하고 말을 막 해 대는 기분이었거든요."

"뭐? 지, 진짜?"

"에이. 제가 거짓말을 해서 뭐해요? 이것도 선배가 아니면 누가 믿기나 하겠어요?"

"하, 하긴……."

'쩝. 나 역시도 아직 믿기 어렵지만…….'

솔직한 심정이었다.

차라리 접신을 했다면 오히려 더 믿었을지도 몰랐다.

그래서 섣불리 시도했다가 어렵사리 생긴 좋은 감정이 생뚱맞은 짓으로 인해 연기처럼 사라질까 두려운 것이다.

"안 되면 제가 책임지고 장가 보내 드리면 되죠. 대신 잘 되면 제 부탁을 한 가지 들어주는 걸로 하고요. 어때요?"

"……!"

못 미더웠던 나머지 게슴츠레하게 뜨고 있던 배수철이 눈에 조금 전보다 농도가 짙은 이채를 띠더니 적극적인 반응을 보이기 시작했다.

"정말…… 자신 있는 거지?"

"참내, 당장이라도 선배님의 신상을 줄줄이 읊어 주고 싶지만 너무 잘 아는 사이라 신빙성이 없다고 할까 봐 꾹 참고 있는 거라고요. 제대하고 나서 생긴 능력이라 저도 아직 어리둥절하니 선배님이야 믿기 어렵겠지요. 더 놀라운 일은 이따가 보여 드리기로 하지요. 정 의심나면 맛보기로 일하는 아줌마들부터 불러서 증명해 보이죠, 뭐. 마침 손님들도 거의 빠져나가서 한가한 것 같으니 잘됐네요."

"……!"

배수철이 실내를 휘둘러보니 담용의 말처럼 점심시간이 훌쩍 지나서인지 홀에는 몇 사람밖에 남아 있지 않았다.

달마상법 Ⅱ

"너…… 혹시 관상을 본 건……. 아니지?"

"후훗, 선배가 하도 선배답지 않은 행동을 하는 바람에 그게 신기해서 얼굴도 자세히 보질 못했는데요?"

"그래?"

"궁금하면 오라고 하세요. 정확하게 봐 줄 테니까요."

"그, 그건…….'"

자신 있게 말하는 담용의 요구에 당황했는지 잠시 난감한 표정을 자아내던 배수철이 주방 쪽을 힐끗 쳐다보았다.

몇 번이나 입을 달싹거리다 마는 것으로 보아 대충 짐작할 만했다.

'쿠쿠쿡, 알 만하군.'

필시 식당을 찾을 때마다 배수철이 뭐라고 부르기도 전에 혹은 주문하기도 전에 쪼르르 다가와 있었던 탓에 달리 부르는 호칭이 없는 듯한 눈치다.

고로 뭐라고 부르기도 애매한 처지일 것이다.

심중에 둔 여자만 아니라면 배수철의 성격상 '아줌마!' 하고 큰 소리로 불러 보겠지만, 차마 그러지 못하는 것이야 미루어 짐작할 만한 일이었다.

'쯧쯔쯔……. 이쯤에서 구해 줘야겠구나.'

관상이야 이미 봐 놓은 상태가 아닌가.

이러지도 저러지도 못하고 있는 배수철의 곤란을 벗어나게 해 주기로 한 담용이 웃으며 말했다.

"후후훗. 선배님, 이미 봤으니 부르지 않아도 됩니다."

"엉? 뭐, 뭐라고?"

"관상을 이미 봤다고요."

"어? 그, 그래?"

"예."

"어, 어떻디?"

얼굴을 바짝 갖다 대고 묻는 배수철의 표정이 갑자기 진지해졌다.

"흠, 놀라지 않을 자신이 있다면 말해 드리지요."

"엉? 노, 놀라다니!"

"뭐, 한편으로는 실망을 할 수도 있구요."

"……!"

"그래도 듣고 싶어요?"

"뭔 말이 튀어나올지 모르지만 저, 정확하긴 한 거냐?"

"100퍼센트 정확합니다. 일부는 얘기가 끝난 후에 본인을 불러서 확인해 보면 알 수 있는 일이니 거짓을 말하지는 못합니다."

'짜식…….'

저렇게까지 말하니 믿지 않을 수도 없는 배수철이었지만 여전히 미심쩍은 것은 여태껏 담용에게서 전혀 들은 바가 없었던 얘기인 데다 실상 자신조차 관상 분야에 대해 문외한이기 때문이다.

더욱이 그 흔한 철학관이나 점집 근처도 가 본 일이 없다 보니 신빙성의 유무를 떠나 확률이 어떤지조차도 몰랐으니 말이다.

"흠. 노, 놀랄 일과 실망할 일이라……. 그 외에 다른 건 어, 없어?"

"한 가지만 빼면 거의 완벽합니다. 솔직히 말하라면 그 한 가지 흠도 무색하게 할 정도로 놓치면 크게 후회할 여자라는 겁니다. 실지로 저 역시 놀라고 있는 중이니까요."

"어? 그, 그 정도야?"

"예, 틀림없습니다. 달마상법으로 잠시 훑어본 결과니까요."

"그게 수시로 봐지는 거냐?"

"그럼요. 제가 마음만 먹으면 저절로 그렇게 돼요."

"……!"

"아마 선배님이 세상 어디를 가더라도 평생 동안 저런 배우자상을 구하지는 못할 것입니다. 그건 제가 장담하지요."

"……!"

정색을 하고 말하는 담용의 어투에 눈을 있는 대로 크게 뜰 정도로 놀란 기색인 배수철이다.

평소에 기대했던 것 이상의 뭔가가 여종업원에게 있는 듯한 말투에 더 솔깃해지지 않을 수 없었다.

"그, 그 정도란 말이지."

"예."

"애, 얘기해 봐라. 대체 어디가……. 아니지. 내가 놀랄 일이 뭔지부터 먼저 말해 봐라. 그래야 마음이 놓이겠다."

"하핫. 그러죠. 저 여자…… 청상입니다."

"뭐? 청상?"

"예."

"그, 그게 뭐냐? 호, 혹시 내가 알고 있는 그것 맞냐?"

"아마도요."

"헉! 과, 과부라고?"

"에이, 청상이라니까요."

"그게 결국은 과부란 얘기잖아?"

"쉿! 목소리가 크잖아요."

"아, 미안…….."

"왜요? 실망이에요?"

"그게…….."

표정을 보아하니 급격한 관심에 이은 급격한 실망의 빛을 내비치고 있는 배수철이다.

뭐, 총각이 과부에게 구애를 한 셈이 되니 딴은 적지 않은 충격이 온 것은 이해가 간다.

"그 말…….."

"……?"

"확실한 거냐?"

"당장 불러서 물어보면 알 것 아닙니까?"

"인마, 그걸 어떻게 물어봐!"

"물론 곤란하겠지요. 하지만 정말 좋은 감정이 있다면 그걸 각오하고 사귀셔야 하고 또 극복해야 하지 않겠습니까?"

"끄응."

"아무튼 선배님은 제가 오래전부터 관상을 잘 보는 후배라고 말해 주셔야 합니다. 그래야 뭘 얘기해도 귀담아들을 겁니다."

"도둑질도 손발이 맞아야 한다는 뜻이냐?"

"이를테면 그렇죠."

"뭐, 잘만 된다면 보증인쯤이야……. 근데 다, 다른 면은 또 없어?"

겉으로는 시크한 척해도 그동안 어지간히 마음에 들었던지 여종업원에 대해 하나라도 더 알려고 하는 마음이 역력한 배수철이다.

"당연히 있지요."

"뭐, 뭔데?"

"딱 한마디로 표현한다면……. 흠, 내자지덕內子之德이라고 할 수 있습니다."

"뭐, 뭐라고? 이 자식이!"

담용의 말을 듣고 있던 배수철이 뭔가 귀에 거슬렸던지 별안간 화를 버럭 내며 대뜸 손찌검을 할 자세를 취했다.

"어어, 왜 이러세요."

"인마! 내 자지 덕이라니! 그게 여기서 할 말이야? 이걸 그냥 콱!"

"엥? 그, 그게……?"

뜬금없이 웬 소리냐는 듯한 표정을 짓던 담용이 별안간 배수철이 말한 어감을 생각해 내고는 갑자기 파안대소를 터뜨렸다.

"풋! 푸하하하하……."

"……!"

담용이 미친 듯이 파안대소를 터뜨리는 것도 모자라 몸부림까지 쳐 대며 웃어 대는 것을 본 배수철이 일순 멍청한 표정을 자아냈다.

자신의 감정과는 전혀 어울리지 않는, 난데없이 터져 나온 폭발적인 웃음이었으니 영문을 모르는 배수철이 오히려 할 말을 잃고 말았다.

'근데 얘가 왜 이래?'

뭔가 자신도 모르게 실수라도 했나 하는 마음인 배수철의 미간이 찌푸려졌다.

"푸푸푸하하하하……. 아이고, 배야."

텅텅텅.

"크하하하하……."

"아니, 이 자식이……."

식탁까지 쳐 대며 웃어 대는 담용의 큰 웃음이 좀처럼 그칠 줄 모르자, 이마에 고랑이 깊게 판 배수철이 막 소리를 지르려고 할 때였다.

예의 여종업원이 쪼르르 다가오더니 배수철의 곁에 살포시 주저앉으며 입을 뗐다.

"호호호, 배 형사님."

화들짝!

귀에 입김까지 닿을 정도로 가까운 곳에서 말소리가 들려오자 흠칫 놀란 배수철이 얼른 몸을 틀었다.

"후배님이 저렇게 웃는 걸 보니 무슨 재미난 일이 있었나 봐요?"

"어? 아, 아니요. 대화하는 도중에 저 녀석이 갑자기 웃어 대는 바람에…….”

"저렇게 웃는 걸 보면 배 형사님의 얘기가 정말로 우스웠
나 보네요."

"그, 그게 아니라……. 야! 육 중사! 그만 웃어!"

"크크큭. 그, 그러죠."

담용이 뱃가죽이 아프도록 웃어 젖히다가 억지로 웃음을
멈췄다.

하지만 입가에는 여전히 웃음기가 남아 쉽게 그치질 않았다.

"아이고, 뱃가죽이 아파 죽는 줄 알았네."

잠깐이긴 했지만 워낙 격렬하게 웃어 젖힌 터라 정말로 뱃
가죽이 당겨 배를 어루만져야 할 정도였다.

그러다가 여종업원을 본 담용이 반색을 했다.

"아! 마침 잘 오셨네요."

"네? 뭐, 뭐가 더 필요한가요?"

"예. 여기 제 머리를 깎지 못하는 중 같은 사람이 있어서
그 처방약으로 아리따운 여인이 필요하니, 그 여인을 대신해
서 앉아 보세요."

"야! 육 중사! 그 무슨 실례를…….”

"어허! 선배님은 초 치지 말고 좀 가만히 있으세요. 저같
이 고명한 월하노인이 성스러운 일을 거행하려는데 방해를
하면 어떡합니까?"

"뭐, 뭐? 워, 월하노인?"

"예?"

"여기서 갑자기 왜 노인이 나와?"

"호호호, 배 형사님, 월하노인은 중매쟁이를 일컫는 말이에요."

"어? 그, 그래요?"

"네. 근데 후배님은 제가 필요하다고 했는데 뭘 하시려고 그러시는데요?"

여종업원도 호기심이 동했던지 관심 어린 눈빛을 띠더니 아예 자리를 차고앉으며 자세를 편하게 했다.

그것도 기회다 싶었던지 배수철에게 바짝 붙어 앉는 모양새다.

'풋! 저 정도로 관심이 있다면 청상이라는 깔딱 고개만 넘으면 되겠네.'

아직은 진심인지 가식인지 잘 모르겠지만 싫은 사람에게 저런 행동이 나올 리가 없을 것이니 진정성이 있다고 봐야 했다.

"크흐흠. 자 자, 조용히 하시고…….."

담용이 목청을 가다듬더니 장황하면서도 조금은 신파 조가 섞인 어조로 말을 이어 갔다.

"에……. 지금부터 장안에 뜨르르하게 소문난 백운 도사 모드로 분위기를 잡는 것을 이해해 주시길 바라면서 앞에 선 두 남녀의 관상을 봐 주도록 하겠습니다. 이에 대해서 이의

가 없지요?"

"어머나! 어머나! 관상을 볼 줄 아세요?"

"그럼요."

"배 형사님, 후배분 말이 정말이에요?"

"크흠. 그, 그렇소."

짝!

"어머나! 어머나! 어쩜……. 호호홋. 잘됐다."

손뼉까지 치며 조금은 호들갑스러운 웃음을 짓던 여종업원이 대뜸 주방 쪽을 보며 소리쳤다.

"주방장님, 그리고 아주머니들, 일은 이따가 하고 빨리 이곳으로 와 봐요."

"……!"

여종업원의 난데없는 행동에 담용과 배수철이 어리둥절해서는 서로를 쳐다보았다.

그런데 배수철은 여종업원의 과한 행동에 갑자기 일이 커져 버린 것 같아 살짝 당황한 표정인데 반해 담용은 이 상황이 재밌다는 표정이다.

'후훗, 이왕이면 여러 사람에게 공인된 사이면 더 좋겠지.'

주방장과 아주머니들이 다가와 자리하는 것을 본 배수철이 담용에게 속삭이듯 말했다.

"유, 육 중사, 자신 있어?"

"그럼요. 선배님은 굿이나 보고 떡이나 먹으면 돼요."

담용이 배수철에게 눈을 찡긋해 주는 사이 아주머니 셋을 앞에 둔 여종업원의 입에서 들뜬 목소리가 튀어나왔다.

"모두 배 형사님은 알죠?"

"그럼 오랜 단골인데 모를까?"

"암은, 형사들 중에 제일로 씩씩한 양반인 것도 알재."

"호호호, 앞에 있는 분은 배 형사님의 군대 후배분이시래요."

"오메! 듬직해 뿌리네잉."

"그 선배에 그 후배로구먼."

"근디 시방 뭐 땀시 우릴 불렀당가?"

"호호홋, 후배분이 관상을 매우 잘 보신다고 해서요. 그것도 장안에서도 유명한 백운 도사라네요."

"뭐시여? 배, 백운 도사?"

"네, 배 형사님이 보증하는 사람이니 믿어도 될 거예요."

여종업원의 말에 배수철이 내심 뜨헉 했지만 되물리기에는 이미 늦은 상황이다.

"호오, 그렇단 말이지?"

"어머머, 잘됐네. 총각, 나 관상 좀 봐 주슈."

"나도, 나도."

어디를 가나 사주나 관상에 대해서는 인색하기보다는 오히려 환장하는 아주머니들답게 대번에 격렬한 반응을 보여 왔다.

그 이유야 잘 알다시피 재미로 보든 어쩌든 생활 가운데

늘 상존하고 있는 관심사이기 때문일 것이다.

"아, 순서대로 봐 드릴 테니 기다리세요. 관상은 그리 오래 걸리지 않으니까요."

"그려. 그려."

"그런데 한 가지 유의할 점은 제가 관상을 볼 때는 저도 모르게 얼굴에 살기가 돈다는 겁니다. 그러니 놀라지 마시기 바랍니다."

"오메! 신, 신기가 있는 겨?"

"고명한 무당이 그렇다고 하더군요."

배수철에게 말했던 스님이 무당으로 바뀌었다.

"오메! 오메! 하면 무슨 신이 강림하신겨? 장군신? 동자신?"

"아니요. 그 무당이 말하기를 제게는 관상법의 대가가 강림했다고 하던데요? 달리 말하면 귀신이 씐 것이지요."

"흐미. 구, 구신이 씌였다고라? 그, 그기 무슨 구신인디?"

"그야 그 누구도 모르지요."

달마상법이란 말까지 할 필요가 없어 그냥 두루뭉술하게 넘겨 버리는 담용이다.

"그 무당이 말하길 먼 옛날 관상법의 대가가 저승으로 가지 못하고 이승을 떠돌다가 빙의한 거라고 하대요."

"영험한 무당이 한 말이면 참말이재. 암은, 참말이고말고."

"자꾸만 누군가의 얼굴이 떠오르고 그 사람의 길흉화복을 보게 된다고 했더니 그런 말씀을 하더군요. 그래서 가끔 누군가의 관상을 볼 때면 저도 모르게 제 얼굴에 살기가 돈다면서 무서워하더라고요. 그래서 저도 알게 됐지요 뭐."

"맞어. 원래 신기가 들리면 주변이 살기로 가득하다는 소릴 들었구먼."

"나두 들었구먼. 내가 자주 들르는 만신 집에도 가끔 그런 일이 있고 말여."

"아이구야! 이놈의 정신 좀 보소."

"왜 그랴?"

"신기마저 있는 사람이 관상을 봐 준다는데, 복채가 없어서는 될 일도 안디야."

"아, 맞다! 무슨 말을 듣든 복채를 안 내면 효험이 없다지 아마?"

아주머니들이 분분히 일어나서는 다시 주방 쪽으로 몰려가더니 이내 쪼르르 달려와 제자리에 앉았다.

조금 전 한곳에 몰려 있던 것과는 달리 식탁을 둘러싸고 앉은 모양새다.

"어디…… 백운 도사님, 누구부터 봐 줄 건가요?"

여종업원의 말에 담용이 속으로 잠시 머리를 굴려 지난 삶에서 봤던 달마상법이란 책의 내용을 떠올려 보았다. 뭔가 그럴듯해야 했기에 이론이 바탕이 돼야 하지 않겠느냐는 의도다.

더구나 2, 3년 전에 발간된 책이다 보니 그리 오래전의 일도 아니어서 금세 알 수 있었다.

'됐어. 그 전에 먼저 밑밥부터 뿌리는 게 낫겠지?'

그러려면 아주머니들부터 봐 줌으로써 분위기를 띄울 필요가 있었다.

"영업집이라 언제 손님들이 올지 모르니 주방 아주머니부터 보죠."

"호호, 그럼 주방장 아줌마부터 보면 되겠네요."

"나가 첫 번째구로먼?"

주방을 책임지고 있는 아주머니가 머리카락을 쓸어 올리고는 담용을 똑바로 쳐다보았다.

암암리에 기운을 슬쩍 주입시킨 담용이 주방장의 내면을 스캔하고는 잠시 눈을 감았다.

'자식을 많이도 낳았구나.'

뭘 알아서가 아니라 그냥 저절로 느껴지는 기운이다. 하지만 자녀가 몇 명인지는 알 수가 없다.

그래서 비상수단을 쓰지 않으면 고명한 관상쟁이라는 말을 들을 수가 없어 염력을 쓰기로 마음먹었다.

그런데 한 번도 시도해 본 적이 없어 애로가 없지는 않다.

다름 아닌 교감의 절정이라고 할 수 있는 애니멀 커멘딩 animal commanding을 시전해야만 하는 것이다.

다시 말해 동물들과 정신 교감 혹은 영적 감응, 즉 서로 트랜스가 되어 생각을 읽거나 조종하는 능력을 뜻하는 것이다.

관련 서적을 본 이후로 미루어 놓았던 탓에 수련이 전혀 되어 있지 않은 분야다.

더욱이 극히 난해한 분야이기도 해서 극도의 정신력과 고도의 집중력을 필요로 하는 일이었다.

설사 성공한다고 해도 지금의 수준으로는 불과 1, 2초 유지하면 다행일 정도다.

관상에 대해 전문적으로 공부한 적이 없었으니 지금은 비상수단을 동원한 것이다.

'에라. 해 보다가 안 되면 그때그때 임기응변으로 때우지 뭐.'

"흠흠흠, 연세들이 있으시니 사주에 대해서는 잘 아실 겁니다. 사주학이 통계학이라면 관상학은 개체학이라고 하지요. 사주학은 애초에 공부한 바가 없으니 관상학부터 잠시 설명하고 들어가도록 하지요. 인간은 자연의 모습과 이치를 그대로 닮은 축소판입니다. 그러하기에 자연의 순리에 어긋나면 육체가 병들고 자연의 이치와 일치된 삶은 건강하기 마련이지요."

"맞어. 참말로 맞는 말이구먼."

"인체라는 소우주에 깃들어 있는 대우주의 원리를 관찰하여 길흉화복을 조명해 우주의 원리에 합하는 삶을 열어 가는 것이 관상학인데, 이를 상법이라고도 하지요. 그렇다면 자연과 인간이 어떻게 융합되는지 알아보지요. 자연에는 태양이 있고, 달과 별과 산, 바다와 강이 그리고 육지가 있습니다.

육지에는 수많은 만물이 존재하며, 우리의 인체에도 이처럼 천지만상이 그대로 존재합니다. 즉 사람의 머리는 하늘이요, 발은 땅이니, 머리는 하늘처럼 둥글어야 하고, 발은 모가 나고 두툼해야 이치에 맞지요. 따라서……."

잠시 말을 멈춘 담용이 다섯 사람을 쳐다보니 듣는 표정들이 더없이 진지하다는 것을 알았다.

시종 의심스러워하며 긴가민가하던 배수철도 담용의 논리에 매혹이 됐는지 숨죽인 채 듣고 있었다.

'후후훗. 배 선배, 날 믿으라니까요.'

내심으로 배수철을 다독여 준 담용이 다시 입을 열었다.

"커험, 자고로 사람이라면 눈은 태양과 달이니 눈빛은 맑고 빛나야 하며, 음성은 울림이 있어야 하고, 혈맥은 강과 하천을 말함이니 맑고 윤택해야 하죠. 골육을 이루는 요소 중 뼈는 금석이니 단단해야 하고, 살은 곧 흙을 말함이니 풍요로워야 합니다. 자, 여기서 음양이나 오행 같은 세상만물이 이루어지기 전의 얘기까지 읊다 보면 너무 장광설이 되니 이러한 복잡한 과정은 다 빼고 알아야 할 것들만 쉽게 얘기하도록 하지요, 흠흠."

말을 하다 보니 의외로 혓바닥에 기름칠을 한 것처럼 술술 나오는 것에 지레 얼굴이 뜨뜻해진 담용이 어색한 헛기침을 해 대고는 말을 이었다.

"말하고자 하는 것이 얼굴에 한한 관상이니 그에 대해 말해 보지요. 에…… 입이 바다라면 인중은 강이 됩니다. 얼굴의 편편한 곳은 들판이고, 코와 관골, 즉 광대뼈와 이마 그리고 턱은 산악을 뜻하니 적당히 솟아야 하며, 인체에 난 모든 털은 나무와 풀이니 맑고 수려해야 하지요. 그래서 사람이 동중정인 상태에서 보는 관상학으로 그 중심은 얼굴이며 이는 곧 뼈, 손, 눈, 눈썹, 이마, 코, 입, 귀, 가슴, 발, 배, 배꼽, 모발 등으로 나누어 보게 됩니다. 이에 반해 정중동인 상태에서 보는 관상학으로는 행行, 좌座, 와臥, 식食 등으로 구분하여 각기 그 특징에 따라 나름대로의 점을 치게 되지요. 이외에도 관상을 볼 때는 먼저 나이와 출생지를 알고, 그것으로 그 사람의 오형五形을 구분한 다음에 시행해야 하는 것이 원칙이나 저같이 귀신이 씐 사람에게는 그런 계산이 필요 없이 그저 보일 뿐이지요. 해서 제가 말하는 대로 믿으셔야 한다는 겁니다."

여기까지 말을 마친 담용이 기운을 밖으로 표출해 맹수가 피어fear를 뿜어내듯 은근히 공포감을 조성했다.

순간, 약하나마 주변이 살얼음이 끼는 듯한 싸한 분위기로 화했다.

담용의 차가운 시선이 주방장 아주머니에게로 향했다.

"주방장 아주머니."

"예. 예?"

"슬하에 자녀가 꽤 많군요."

그 한마디를 툭 던져 놓고는 재빨리 옆의 아주머니에게 강렬한 기운을 주입시켰다.

'에구, 용하네. 7남매나 낳은 걸 어찌 아누?'

아주머니의 생각을 읽은 것은 고작 2초간이었지만 들을 건 다 들은 셈이었다.

하지만 무엇을 하든 그럴듯해야 가치가 있는 법.

"우리 주방장님께서 자녀를 많아 낳아서 나라에 애국을 하셨는데 과연 몇 명이나 낳았을까요오오오?"

"에구머니, 남사스럽구로…… . 자식 많이 낳은 게 뭔 자랑이라고…… ."

"자랑이지요. 이 나라를 지탱해 나갈 인재들을 키워 냈으니 자랑도 큰 자랑이지요. 어디 귀 뒤쪽을 좀 볼까요?"

"자, 보시구랴."

담용의 말에 용기가 났는지 주방장이 고개를 살짝 틀었다.

귀 뒷면을 검지로 슬쩍 짚었다가 뗀 담용이 말했다.

"옳거니! 7남매를 낳으셨구만."

"에구머니나! 그걸 우찌……?"

"오메! 어쩠거나? 그걸 우째 맞혔소 잉?"

"하이고메, 용하다카이."

알아맞히는 것이 무슨 대수로운 일이냐는 담용의 모습에 주방장 아주머니와 두 아주머니조차도 기함한 표정을 자아냈다.

배수철과 여종업원도 믿기지가 않았던지 덩달아 놀란 표정을 지으며 서로를 쳐다보았다.

배수철은 담용에게 저런 면이 있었나 하는 의아한 표정이었고, 여종업원은 조금은 신기해하면서도 심각한 표정을 짓고 있었다.

"하하핫, 그래서 제법 용한 관상쟁이에다 소문난 백운 도사라고 하지 않았습니까? 그리고 비록 청상까지는 아니더라도 그 못지않게 일찍 남편을 여의셔서 고생을 많이 하셨네요."

짝!

"어이구메! 용허요, 용혀."

'쩝! 그때 받았던 상심의 자락이 아직도 지워지지 않는 흔적으로 남아 있는 것 같아 해 본 소린데…….'

기운을 흘려보냈던 것으로 짐작해 본 것이 용케 들어맞은 것뿐이다.

하기야 남편과 자식밖에 모르는 삶을 살아온 우리네 어머니들의 가슴에 멍울이 있다면 대개가 이런 이유 때문일 것이다.

"하면 나가 앞으로는 어떻게 되겠소? 아니, 아니. 나보덤은 우리 얼라들이 아무시랑도 않것소?"

"예, 없습니다. 얼마 안 가서 효도받을 일만 남으셨네요. 단 건강만 조심하면요."

"그려, 그려. 참말로 옳은 말이구먼. 앞으로 나가 근심할 건 없것는가?"

"방금 말했지요. 건강을 조심하라고요."

"그렸지."

"평생 건강진단 한번 안 받으셨지요?"

"먹고사는 게 바빠서……."

이 역시 우리 어머니들의 일상이다.

당신이 아파도 약국에 가서 대충 약이나 지어 먹고 말거나 그도 아니면 내 몸은 내가 더 잘 안다는 핑계를 대며 큰돈 잡아먹는 병원에 가기를 꺼려하는 것이다.

그러다가 병을 키워 걷잡을 수 없는 사태에 이르기도 하는 우리네 어머니들이다.

"내일 당장 병원에 가서 건강진단을 받아 보시기를 권합니다. 늦으면 크게 후회할 것이니 꼭 가 보세요."

그냥 하는 말이 아니라 스캔을 통해 몸을 관조해 본 후 느껴진 것이 있었기 때문이다.

"아, 알았네. 여기 복채."

턱.

주방장 아주머니가 만 원짜리 한 장을 놓았다.

"하하핫, 감사합니다. 다음은 홀 아주머니를 봐 드리지요."

웃음과 동시에 기운을 흘려 스캔을 끝냈다.

많은 정보 중에 큰 멍울 하나와 기가 유독 미약한 부분이 두 군데나 느껴졌다.

"에구, 잘 좀 봐 주소."

그러면서 역시 만 원짜리 한 장을 먼저 탁자에 올려놓는다.

　　애초 이러려고 판을 벌인 것은 아니었지만 굳이 지불하고 효험을 보겠다는데 거절할 이유가 없어 그냥 미소만 지을 뿐이다.

　　"어디 보자. 헐, 몇 년 전에 크게 상심한 일이 있었군요."

　　"그랬지. 4년 전에 평생 웬수가 내 곁을 떠났었지."

　　하나를 건드려 놓으니 제풀에 줄줄 풀어 놓는 홀 아주머니다.

　　'큭! 말만 웬수였지. 상심의 흔적으로 보아서는 그게 아닌데?'

　　"큼, 큰 고비가 두 번이나 있었군요."

　　"그, 그래요. 큰 수술을 두 번이나 했었지."

　　"그 덕분에 몸이 유리그릇처럼 약해졌습니다. 그런데도 일을 하시는군요."

　　"아, 오전에만 잠시 도와주고는 퇴근한다우."

　　"그렇군요. 무리하셨다가 몸져누우시면 덤으로 집에 누워 있는 친인도 온전치 못할 것이니 조심하셔야 합니다."

　　"워메! 그걸 우찌 알았대요?"

　　"얼굴에 근심의 선이 길게 이어져 있으니 당연히 남편 아니면 자식 때문에 생긴 것 아니겠습니까?"

　　"아이구머니나. 하면 죽이지도 살리지도 못하는 그 자식의 명줄은 어떻것수?"

　　"그건 직접 보기 전에는 모릅니다."

　　"그, 그런감?"

"예. 직접 보지 않고서야 관상을 어찌 봅니까? 게다가 사람의 수명판은 아무나 입에 담는 게 아니라서 거기까지는 제소관이 아닙니다."

"맞아. 그건 염라대왕이 보낸 저승사자가 할 일이지."

"하하핫, 아마 아주머니 명줄에 따라 자식의 명줄도 같이 딸려 있지 않나 여겨집니다."

"후우! 하기사 내가 돌봐 주지 않으면 그대로 목숨 줄을 놔야 하는 자식이니……."

"앞으로도 삶이 크게 변하지 않을 것 같으니 무리하시지 말고 이대로 쭈욱 사시면 평생 무탈할 겁니다."

"그렇게 되기만 한다면 올매나 좋것수. 근데 그게 모두……."

홀 아주머니가 슬쩍 여종업원의 눈치를 보더니 슬며시 입을 다물었다.

"그것 보세요, 아주머니. 욕심내지 말라잖아요. 그러니 앞으로도 오전만 일하는 걸로 해요. 오후는 저와 작은이모에게 맡기고요. 알았죠?"

"에구, 알았네, 알았어."

"자 자, 이제 작은이모 차롄가요?"

"난……. 안 볼라요."

웃음을 머금고 손사래를 치는 아주머니가 슬쩍 옆으로 물러섰다.

"아니, 보성댁, 갑자기 왜 그랴? 이런 기회가 언제 올 지……."

"괜찮아, 난 안 봐도 돼."

'에구, 집 나간 서방이 죽었는지 살았는지 알아보기나 하 지. 자식도 없으면서……."

'흠, 그런 사연이……."

기운을 풀어내던 담용이 안타까워하는 아주머니의 푸념을 감지하고는 작은이모라 불린 아주머니를 쳐다보았다.

'자식이 없다라……."

어쩌면 그 시절에는 흔하게 있었던 일일 수도 있었다.

아내가 자식을 보지 못하는 경우 첩을 들여서라도 자식을 보고자 하는 마음, 즉 대를 이어야 할 책임감이 백태로 나타 나는 남편들이 간간이 있어 오지 않았던가?

안타까운 일이나 그 시절의 정서상 가문의 대를 잇는 일만 큼 중요한 것도 없었으니 애먼 희생을 했던 우리네 어머니들 이 한둘일까?

뭐, 난봉꾼도 없지 않아 있긴 했지만…….

"보고 싶지 않으시면 그러세요. 하지만 딱 한마디만 할 테 니 이것만은 꼭 행하시기를 바랍니다."

"……?"

"머지않아서 바깥양반께서 돌아오실 테니 나 몰라라 하지 마시고 집으로 들이십시오. 비록 조강지처를 버리고 밖으로 나돌았다고는 하나 그분 또한 이제 연만하신 나이시니 거둬 주셔야 복을 받으실 겁니다."

그 말만 내뱉고는 고개를 돌려 여종업원과 눈을 맞춘 담용이 설핏 웃음을 지어 보였다.

"이제 아가씨 차롑니다. 보시겠어요?"

"호호호, 그럼요."

담용의 말에 손빗으로 머리를 매만지더니 눈을 몇 번 깜빡거리고는 역시나 배시시 웃어 보이는 여종업원이다.

그사이 스캔을 끝내고 가방에서 A4 용지까지 꺼낸 담용이 여종업원을 보고는 내심 탄성을 발했다.

'좋구나.'

기운을 주입해 스캔을 해 본 결과 막히는 곳 하나 없다.

그야말로 튼실하기 짝이 없는 신체를 지녔다고 해도 과언은 아니다.

'심성도 곱고……'

너무 튼실하다 보니 생각을 읽으려고 해도 그 정도가 고작이다.

기력이 쇠해져 가는 두 아주머니와는 천양지차인 것이 건강한 신체에 건강한 정신이 깃든다는 말과 맥락을 같이하는 이치다.

즉 워낙 튼실해서 침입할 구석이 만만치 않다는 뜻이다.

'쯧, 할 수 없지.'

담용은 그래서 아주 잠깐이나마 생각을 읽을 수 있는 아주머니들을 이용하기로 했다.

한참을 요모조모 살피며 아주머니들의 속마음을 읽은 담용이 마침내 입을 열었다.

'허어, 여종업원이 아니라 식당 주인이었어?'

뜻밖의 사실이었지만 어느새 담용의 신색은 근엄한 기운으로 전신이 덮이고 있어 가히 신이 강림한 모드라고 할 수 있는 분위기다.

덩달아 주변의 기운도 쇄신된 분위기에 젖어들어 차츰 숙연해지고 있었다.

"크흐흠, 그대는 내가 그대의 관상을 보는 것에 후회하지 않을 자신이 있느뇨?"

"아……. 네, 후회…… 안 해요."

담용의 말투가 전과 다른 것에 당황이 됐는지 대답이 한참이나 느리다.

하지만 그 와중에도 당찬 입매를 보니 장사를 하다가 생긴 성격인지 조금은 당돌한 면도 없지 않은 여자로 보였다.

하지만 어느새 여종업원도 담용의 분위기에 압도된 듯 말투가 순종적으로 변해 있었다.

"좋구먼. 그대는 어이하여 이곳에 나와서 일을 하고 있는고?"

"네?"

뜬금없이 대뜸 물어 오는 담용의 말에 눈을 동그랗게 뜬 여종업원이 어리둥절했다.

"어찌하여 여기 나와서 일을 하고 있는가 물었네만?"

"그거야…… 직업이니……."

"떽!"

깜짝!

"그대는 사람을 부릴 관상이니 천벌을 받지 않으려면 거짓을 입 밖으로 내뱉지 말라."

"……!"

"오호호! 그야말로 포동포동, 복슬복슬하다고 할 수 있는 여체로다. 흐음, 여성은 살이 적당히 있어야 복이 있지. 앙상한 여성은 재물이 머물지 않아. 입술이 작고 턱이 두툼한 관상이니 남자에게 사랑받겠군. 이마가 둥글고 모가 나지 않으니 성격은 무난하겠고……. 어디, 어디. 호오! 3광이 두껍고 기색이 좋구나. 눈동자가 깨끗하면서도 까맣고 흰 경계가 뚜렷하니 맺고 끊음이 분명하겠고, 이는 생각이 산만하지 않다는 뜻이니 남의 말에 쉽게 혹하는 심성이 아님을 의미하는 것일 터. 흠, 코가 바르고 곧으면서도 둥그니 한평생 호박처럼 뒹굴뒹굴하며 살겠구나. 그런데……. 그런데……. 허어! 이걸 어찌해야 할꼬? 미인박명이요 천인조졸이라더니 아쉽게도 서방이 둘이로구나! 헐! 이미 한 번 고비를 넘겼구나. 이제는 홀몸인가? 쯧쯔쯔쯔……. 그대가 운명을 인정한다면 내 말을 거스르지 마라. 그리하지 않으면 청상과부로만 끝나지는 않을 터! 아무튼 인정하지 않고 싶어도 인정해야 할 게다."

"……!"

마치 신들린 듯이 쉼 없이 주절대는 담용의 방언 같은 말투에 여종업원이 말 한마디 못 꺼내 보고 그저 놀란 토끼처럼 눈만 크게 뜬 채 멍한 표정이다.

그도 그럴 것이 이제는 담용의 눈에 살기까지 어리는 것 같은 분위기인 데다 하대하는 말투까지 딱 어울리는 터라 더 그랬다.

이른바 우월적 지위를 지닌 자의 전횡이라는 것이다.

미지의 기운을 일부러 살기 어린 기운으로 변화시킨 탓에 배수철은 물론 두 아주머니도 굳은 표정을 하긴 마찬가지였다.

텅!

느닷없이 애먼 식탁을 내려친 담용이 말을 이었다.

"불행했던 과거를 흘리려고 애를 쓸 필요가 없다. 곧 모든 아픔과 연민을 덮어 주고도 남을 사람이 나타날 것이다. 오히려 그때부터가 네 인생의 서막이 될 테니 근심, 걱정일랑은 떨쳐 버려도 될 것이야. 어험!"

스슥. 스슥. 슥슥.

말을 마친 담용이 A4 용지에다 뭔가를 그려 놓고는 계속 말을 이어 갔다.

"여길 봐라."

자신이 그려 놓은 그림을 짚은 담용이 볼펜으로 원을 그렸다.

"그대의 얼굴형은 동글동글하니 관상학적으로 보아 사람의 오행 형성, 즉 목화토금수 중에서 수水형에 속한다고 볼 수 있다. 고로 여기 그려 놓은 그림처럼 금 형상과 목 형상인 사람과 인연을 맺는다면 평생이 순탄함은 물론 말년이 행복할 것이나 화 형상과 토 형상과 인연이 된다면 평생을 의지가지가 없는 홀몸인 것은 물론이고 살아서나 죽어서도 옆구리로 시린 바람이 떠나지 않을 것이야. 근데 말이지."

 "……?"

 "꽃이 예쁘고 튼실하니 이놈의 벌 새끼와 나비 종내기들이 그냥 놔둬야 말이지. 흠흠, 원래 여자가 얼굴이 반반한 데다 임자까지 없으면 손을 심하게 타기 마련이지. 하지만 천만다행히도 한 번의 상심이 보약이 되어서 그런지 조신하게 행동해 왔으니……. 좋구나!"

 짝!

 "금金 형상의 남정네와 만나면 수가 금을 녹이니 이 아니 좋을쏜가?"

 탕!

 "이제 내놓아라."

 담용이 또다시 식탁을 세차게 내려치더니 대뜸 손을 쑤욱 내밀었다.

 화들짝!

 "네? 뭐, 뭘요?"

"복채, 십만 원!"

"에? 시, 십만 원이요?"

"응, 그대는 조금 비싸. 그래야만 온전히 네 것이 될 테니까."

"아, 알았어요."

담용의 기가 워낙 드세서 거절할 용기가 나질 않는다.

"아, 아주머니, 죄송하지만 제 대신 돈 좀 가져다주세요."

"그, 그러지."

홀을 보는 아주머니에게 돈을 부탁한 여종업원이 일말의 두려움 속에서도 담용에게 따지듯 물었다.

"이봐요, 반쪽만 알려 주면 어떡해요? 제 임자가 누군지 아니 어디에 있는지도 알려 줘야지요."

"어허! 경우가 없는 처자로고. 그걸 날로 먹으려 들다니!"

"그럼 복채를 또 내야 돼요?"

"당연하지. 그것도 평생의 반려를 찾는 일이니 오죽이나 비쌀까? 이미 들었으니 물리려고 해도 소용없다."

"……!"

"하지만 여기……. 선배의 체면도 있고 하니 복채는 대물로 받도록 하지."

"대, 대물요?"

"그려."

"그게 뭐, 뭔데요?"

"복채는 여기 배 형사님이 이 집을 찾을 때마다 해장국을 평생 동안 공짜로 먹여 주는 걸로 하지."

"에? 펴, 평생 동안이요?"

"왜? 손해 같으냐?"

"손해보다는 평생은 좀……."

"내가 서두에 그대에게 후회하지 않을 자신이 있냐고 물었을 때 뭐라고 했느냐?"

"후회하지 않는다고 했어요."

"그 결과가 어찌 될지 두렵지 않느냐?"

"나쁜 결과가 생긴다면 두, 두렵기야 하지요."

"그런 생각이라면 두말하지 마라. 더구나 배 형사님의 얼굴형이 사각형이니 딱 금 형상이라 평생의 인연이 멀리 있지 않음이다. 고로 평생의 반려자를 두고 거래를 하지는 않을 것이라고 본다."

"네에? 배 형사님이 제 반려자라고요?"

"평소 호감을 가진 자체가 인연인 게야."

'에구, 빨리 끝내야지.'

시작해 놓고 보니 점점 배가 산으로 가는 격인 듯해 당최 뭔 짓을 하고 있는지 감당이 안 되어 담용은 슬슬 후회가 됐다.

하지만 여기서 멈춘다면 애초 시작을 아니 한 것만 못할 것이다.

"게다가 관상학적으로도 더할 나위 없는 이상형임에야 더 말해 무엇할까? 고로 놓치면 평생 땅을 치고 통곡할 일이지."

부르르르…….

담용이 별안간 부르르 떨더니 죽을상을 자아내며 물컵을 들었다.

"아이구, 힘들어."

벌컥벌컥.

"어, 시원하다."

단번에 들이켜고 한마디 내뱉자마자 주변에 만연하던 살기가 불현듯 사라졌다.

"어휴! 숨 막혀 죽는 줄 알았구먼. 인자 신기가 떠난 겨?"

"그런 것 같은데요."

살기가 사라지자 말투도 바뀌었다. 물론 담용을 보는 사람들의 느낌이다.

"하이구메. 젊은 사람이 신통방통하이."

"하하핫. 뭘요. 모두에게 도움이 됐다니 저도 좋네요."

싱긋 웃어 준 담용이 배수철을 힐끗힐끗 쳐다보는 여종업원을 쳐다보았다.

"여기 사장님이시죠?"

"네. 여기 이모들이 도와주시는 덕택에 운영을 해 나가고 있어요. 다만 말을 안 했을 뿐이지 비밀로 하려던 것은 아니었어요."

"그런 것 같았습니다. 기실 인연이란 것이 참으로 묘해서 멀리 있지 않고 꼭 자석같이 찰싹 붙다시피 가까이 있지요.

적어도 관상학 측면으로 보면 두 분은 참으로 천생연분입니다. 어쩌다가 제게 관상학의 대가가 빙의한 건지는 모르겠지만, 사실 언제나 이렇게 볼 수 있는 건 아닙니다. 고로 여기 계신 분들이 운이 좋았다고 봐야지요."

"어머나! 관상은 마음만 먹으면 볼 수 있는 것 아녜요?"

"그래야 되는데……. 전 귀신이 씐 거라 안 그렇거든요."

"그렇군요. 그런데 아까 들은 것 중에 궁금한 것이 있는데 물어도 돼요?"

"물론이죠."

"3광이란 말이 뭐죠?"

"아! 관상에서의 3광은 보물이라 할 수 있는 '하늘창고'를 말하지요."

"하늘창고요?"

"예. 바로 눈썹 양끝 윗부분과 코를 말하는데, 두껍고 빛깔이 좋으면 재물 복이 있다고 하지요. 바로 여사장님의 관상이 그런 예지요. 원래는 흔히 볼 수 없는 관상인데, 오늘 귀한 걸 보게 되네요."

"귀하다고요?"

"그런 편이지요. 대신 조물주의 섭리가 으레 그렇듯 한 인간에게 전부를 몰아주지 않아요. 이거……. 무슨 말인지 알죠?"

끄덕끄덕.

왜 모를까? 남편과 사별한 일을 가지고 하는 말임을.

"상심할 일도 기뻐할 일도 아닌 것이 본래가 서방이 둘이었던 것이니, 사주팔자를 탓하기보다 순종으로 다가온 인연을 소중하게 보듬는 것이 그대의 의무이자 할 일이라고 여기면 됩니다. 사주불여관상四柱不如觀相 관상불여심상觀相不如心想이라는 말이 있습니다. 이는 사주가 아무리 좋아도 관상만 못하고 관상이 아무리 좋아도 심상 좋은 것에 미치지 못한다 뜻으로, 이를 풀이하면 마음가짐이 관상보다 낫다는 뜻이지요."

"아!"

"후후훗, 이제 이 정도 얘기했으면 두 분이 어린애들이 아니니 알아서 잘하리라 믿습니다. 자, 중매는 여기서 끝내도록 하지요. 아! 두 분……. 혹시 결혼하시면 제게 양복 한 벌은 해 주셔야 합니다."

"호호홋, 알았어요. 감사해요."

BINDER
BOOK

단돈 일만 원의 기적

역삼동 르네상스 호텔 인근에 위치한 ㈜파이낸싱 스타 financing star 한국 지사.

외출을 하려는지 가방에 서류를 주섬주섬 챙겨 넣던 체프먼이 옆의 동료를 힐끗 쳐다보더니 물었다.

"이봐, 호건, 더 챙겨야 할 것이 없는지 모르겠군."

"글쎄, 준비를 한다고 하긴 했으니 별문제는 없을 거야. 그보다는 한 가지 걸리는 것이 있는데……."

"응? 뭐지?"

"싱가폴투자청(GIC)에서 어떻게 나올지 그게 문제야."

"어? 거긴……. 마이클이 입찰 전까지 로비를 끝낸다고 하지 않았나?"

"아직까지 확답을 받지 못하고 있으니까 그러지."

"뭐야? 아직이라고?"

"응."

"빠, 빨리 연락해 봐."

"이미 연락해 봤어."

"근데?"

"로비고 뭐고 아예 만나 주질 않는다는군."

"뭐? 그걸 왜 이제야 얘기해?"

"얘기를 한다고 해서 진행 안 할 것도 아니지 않는가?"

"그야……."

털썩!

조금은 의욕에 차 있던 호프먼이 그 한마디에 맥이 빠졌는지 힘없이 자리에 주저앉았다.

"제길……. 코리아에서의 첫 입찰부터 입찰가가 높아지는 건 아닌지 모르겠군."

"설마 그렇기야 하겠어? 설사 입찰에 관여한다고 하더라도 GIC 역시 이윤을 남겨야 하는 판국에 무리수를 두기는 어려워."

"흥! 그래도 단독 입찰만큼이나 편하지는 않을 것 아냐?"

"어차피 하한가가 정해져 있는 입찰이니 GIC를 의식한다고 해도 가격을 조금만 올려도 낙찰은 충분할 걸로 보여."

"헐! 각종 국제 입찰장에서 대해 본 경험으로는…… GIC

놈들은 절대 실체를 드러내는 법이 없었어. 아마 우리보다 더하면 더했지 절대 못하지 않은 놈들이라 뒤통수 얻어맞기 딱 알맞은 존재라구."

"그야 싱가폴 정부가 전액 출자한 기관인데 어련하겠어?"

이 말은 곧 임직원들이 모두 정부 인사 출신이거나 기관원들이라는 뜻이다.

"흠, 가격을 올린다면 얼마가 좋을까?"

"대충 10퍼센트 정도?"

"뭐? 우린 뭘 남기고?"

"풋! 어차피 2, 3년 후에나 되팔 거라면 10퍼센트쯤 감수한다고 해도 티가 날 정도는 아니지."

하긴 그냥 해 본 소리일 뿐이다.

투자 금액에 절반도 안 되는 금액에 매입하면서 이익을 운운한 것은 파이낸싱 스타의 모토가 그랬기에 짚고 넘어간 것이다.

하지만 예상했던 것보다 돈이 많이 지출되는 것 같아 뒷맛이 개운치 않은 체프먼이다.

그도 그럴 것이 오늘 있을 입찰 건을 위해 경쟁 투자사들에게 사전 로비 조로 꽤나 많은 비용을 지출했던 터여서 GIC는 덤으로 지출되는 비용인 셈이라 더 입맛이 썼다.

"쳇! GIC란 변수 때문에 삼십억이란 돈이 그냥 날아가는군."

"자 자, 그렇게 결정했다면 서두르자고."

"끙, 알았어. 마이클에게 늦어도 입찰 시간까지는 캠코로 와야 한다고 일러 줘."

"그러지."

㈜센추리 홀딩스 사무실.

마해천 회장의 거산실업 빌딩 내에 설립된 순수 토종 투자 회사. 다름 아닌 담용과 세 거물, 즉 마해천 회장과 주경연 회장 그리고 고상도 회장 이렇게 네 사람이 발기인이 된 회사다.

아직도 내장 공사의 냄새가 채 빠지지도 않은 사무실에서 네 사람이 손에 든 서류를 검토하느라 여념이 없었다.

그들의 손에 들린 서류의 내용은 이랬다.

사업 개요

위치 : 서울시 송파구 신천동 ○○-○○○

시설명 : 엠마타워

시행사 : ㈜○○

설계/시공: ㈜○○○○건축/○○건설㈜

면적

대지 면적 : 1,500.1평(4,959.0㎡)

연면적 : 20,565.2평(67,984.0㎡)

규모 : 지하 7층, 지상 29층

총투자비 : 997억 8천만 원

사업 기간 : 1994. 08~1997. 11

…….

B7~B3 : 주차장, 기계실

B2~B1 : 판매 시설 및 스포츠 클럽

1F : 금융기관

2F~10F : 업무 시설

11~12F : 전문 식당가

13F~29F : 아파트(70~90평형, 99세대)

"마회장님, 어떤 것 같습니까?"

"흠, 난 괜찮은 것 같은데……. 주 회장, 자네 생각은 어떤가?"

"글쎄……. 잠실역 인근이라 위치도 좋고 건물도 새것이라 마음에 들긴 하는데, 가장 중요한 가격이 문제 아니겠나?"

"그 문제야 담용 군이 알아서 설명해 줄 테고……. 고 아우 생각은 어떤가?"

"하하핫, 저야 금붙이만 알았지 부동산 쪽은 젬병인 사람이라 소견이랄 게 있겠습니까? 그냥 결정하시는 대로 따라가겠습니다."

"허허헛, 고 회장도 자주 접하다 보면 차차로 보는 눈이 생길 걸세. 흐흠. 담용 군, 이제 본론을 얘기해 줄 때가 되지 않았나?"

"그…… 본론이라야 이걸 우리가 매입할 첫 작품이란 것이 겠지. 안 그런가, 담용 군?"

"하하핫, 주 회장님 말씀이 맞습니다. 우리 센추리 홀딩스가 소유할 첫 번째 부동산이지요."

"뭐, 그거야 척 보자마자 알긴 했는데, 주상복합건물의 장단점 정도는 알고 있겠지?"

"물론 알고 있습니다."

"여기 고 아우를 위해서라도 한번 말해 보지 그러나?"

"알겠습니다. 초고층 주상 복합 아파트의 장점이라고 하면 가장 먼저 초고층이다 보니 전망이 탁월하다는 점을 꼽을 수 있지요. 기존의 아파트같이 다닥다닥 붙은 배치도와는 달리 한 개 또는 많아야 세 개 동이 나란히 세워져 있어 조망이 아주 좋지요. 그래서 우리나라와 외국의 경우 공히 위층으로 올라갈수록 가격이 비싸지는 경향이 있어서 투자처로 각광을 받기도 합니다. 더욱이 아파트 내부에 각종 문화나 오락, 편의 혹은 상업 시설 등이 다양하게 구비되어 있어 소위 '원스톱쇼핑'이나 '원스톱리빙' 같은 생활이 가능하다는 거지요. 그뿐이겠습니까? 건물 내에 수영장과 골프 연습장 같은 스포츠 시설과 대형 연회장 같은 호텔식 부대시설 등도 갖춰져 있어 생활의 격조를 한층 업그레이드시켜 주기도 하지요."

"헐! 난 그저 별로 봤는데 듣고 보니 생각보다 장점이 많군그래."

"하하핫, 그 정도의 구색을 갖추려면 고 회장님 같은 부유층이어야 가능하다는 겁니다."

"뭐, 그거야……."

"이 외에도 장점이라 할 수 있는 부분이 적지 않은데, 주로 강남과 여의도 등지에 위치한 인텔리전트빌딩이라면 도로가 사통팔달이라 출퇴근 교통은 물론 그 어디든 이동이 편리하다는 거지요. 게다가 철골조로 지어져 원하는 대로 다양하게 내부 구조 배치가 가능해 언제든 주문형 설계가 가능합니다. 그리고 단점이라면……."

"분양가가 지나치게 높다는 거지."

"하핫, 맞습니다. 마 회장님 말씀처럼 분양가가 지나치게 높아 실질적으로는 거품이 많이 끼어 있다는 점을 의식하지 않을 수가 없습니다. 대부분 초고층 주상 복합 아파트의 경우 분양가 평당 가격이 일반 아파트보다 평균 1.5배 정도 높으며 옵션 선택에 따라서는 일반 아파트 분양가의 두 배가 넘는 액수가 되기도 하지요. 이는 대부분 땅값이 비싼 상업 용지에 지어지기 때문입니다. 그래서 재산세나 월 관리비 역시 기본적으로 일반 아파트에 비해 두 배 이상 비싸게 책정되지요. 그렇다고 해서 인기가 많아 언제든 현금으로 환원할 수 있느냐 하면 그렇지 못한 것이 또 단점 중에 단점이라 할 수 있지요. 수요층이 한정돼 있는 탓에 환금성이 떨어진다고 보면 됩니다. 또 대체로 일반 아파트보다 전용면적이 좁은 편이라는 것도 단점입니다."

"허어. 그럼에도 불구하고 투자하기로 결정했단 말인가?"

주경연 회장이 이해가 가지 않는다는 듯한 표정을 지으며 물어 왔다.

"그 이유를 지금부터 설명해 드리도록 하지요."

"크흠, 어디 내가 만족할 수 있을 정도로 설명해 보게나."

"예, 사실 주상 복합이라고 하면 대부분 상권 형성에 대해 회의적인 시각이 많은 게 사실입니다. 통상 초고층 주상 복합 아파트 같은 경우 가구 수가 적고 또 이들 아파트 입주자들의 경제적 능력을 고려할 때 소비생활은 도심의 고급 백화점에서 이뤄질 가능성이 크기 때문이지요."

"내가 우려하는 부분이 바로 그걸세."

대부분의 상가가 활성화되지 못하고 죽는다는 말이었다.

"그럴 것이라 짐작되어 언급한 겁니다. 먼저 엠마타워를 개발하게 된 배경부터 설명을 드리지요. 1990년대 초 주상복합건물의 세대 수 제한 완화와 상가 의무화 비율 완화 같은 일련의 규제 완화 조치에 힘입어 주상복합건물의 본격적인 개발이 시작됩니다. 즉 가격 규제를 받지 않는다는 이점을 이용하여 대형 고급 주상 복합 아파트가 개발되기 시작한 것인데, 엠마타워의 경우도 이에 편승한 것이라고 볼 수 있습니다. 판매 시장은 당연히 원스톱 형식의 편리한 주거 환경을 선호할 만한 상류층이 그 대상입니다. 이는 IMF 사태가 발생하기 전까지 90퍼센트의 분양률만 봐도 알 수 있지요."

"마 회장, 저 말이 맞나?"

"정확한 비율은 모르겠지만 성황리에 분양된 건 맞네. 그리고 궁금한 질문은 나중에 하고 일단 들어 보지그래."

"아, 알았네."

"계속하겠습니다. 하필이면 왜 작금의 IMF 시기에 엠마타워를 매입하려고 하느냐는 의문이 생길 것입니다. 그것은 바로 개발 컨셉에서 찾을 수 있습니다. 엠마타워가 바로 강남과 송파 권역의 고소득층을 타킷으로 한 고급 주거 공간으로 건축됐기 때문입니다. 세 분이 더 잘 아시다시피 상류층은 IMF의 영향을 전혀 받지 않으니, 절대 불가능한 얘기가 아닐 것입니다. 이를 뒷받침하는 상권의 배경을 봐도 알 수 있습니다. 거기 첨부해 놓은 지도를 참고하시면서 이쪽으로 와 보십시오."

그렇게 말한 담용이 창가로 향하자 세 사람도 다가갔다. "대충 짐작하셨겠지만 엠마타워가 우리가 있는 바로 건너편 빌딩입니다. 보시다시피 잠실역 사거리에 위치해 있습니다. 주변으로는 올림픽공원과 롯데월드, 관공서, 은행 등의 공공기관이 있고, 인접 지역, 강남권과 강동권으로의 이동이 아주 용이합니다. 이렇게 편리한 위치만으로도 그에 따른 주거 수요에 충분히 대응할 수 있다고 보는 거지요. 하지만 결정적인 요건은 따로 있습니다."

"⋯⋯?"

"바로 매입 가격입니다."

"매, 매입 가격이라고?"

"예."

"여긴⋯⋯. 997억이라고 쓰여 있는데?"

"그건 적힌 내용대로 총투자비이지요."

"하면?"

"지금부터는 그 내용을 말씀드리지요. 사실 오늘 오후 한 시부터 캠코에서 외국 투자사들을 상대로 엠마타워에 대한 입찰이 예정되어 있습니다."

"어? 그래?"

"예, 미리 말씀드리지 못했던 것은 저 역시 뒤늦게야 정보를 알고 부랴부랴 준비를 했기 때문입니다."

"흠. 그래서?"

"기실 IMF하에서의 997억이란 투자비는 요식행위 같은 금액일 정도로 매매가로서는 의미가 없습니다."

"이유가 뭐지?"

"옥션auction, 즉 경매를 통해 낙찰을 보기 때문이지요."

"경매라면⋯⋯. 더 낮아질 수도 있고 올라갈 여지도 있다는 말인데⋯⋯. 안 그런가?"

"틀림없이 내려갈 겁니다."

"어느 정도로 내려갈 것 같은가?"

"자세한 금액이야 알 수 있겠습니까만 대충 절반 가격 정도?"

"헐! 우리나라가 아무리 IMF 상태에 처해 있다고는 해도 지은 지 3년도 안 된 건물인데 절반으로 싹둑 잘린단 말인가?"

"글쎄요. 제 생각으로는 3분 1 정도 금액으로 떨어지지 않으면 다행일 것이라 여겨지는데요?"

"뭐라? 3, 3분의 1이라고?"

"헐! 절반도 아니고 3분의 1 가격이라니?"

"그건 아무리 잔인한 외투사들이라고 해도 좀 지나친 것 같군그래."

시큰둥하게 내뱉은 담용의 말이 마치 폭탄 발언이라도 되는 양 믿기지 않는 눈빛으로 서로를 쳐다보는 세 사람이다.

'에그…….. 순진한 양반들 같으니…….'

승냥이들에게 피를 토하는 심정으로 알토란 같은 자산들을 헐값에 내줘야 하는 일이 이제야 시작된 것일 뿐이라는 걸 알기나 할까?

아니, 자산들이 하나씩 처분될 때마다 우리네 가장들이 피눈물 흘리며 거리로 나앉는 모습도 이때부터 기하급수적으로 늘어나는 걸 예상이라도 했을까?

더 나아가 때로는 거저먹자고 들지 않는 게 다행일 정도로 담합도 서슴지 않는 족속들이 바로 외투사들임을 안다면 그래도 나름 깡다구가 있는 노인네들이라 입에 거품 정도는 물지 싶다.

'쩝, 놈들이 몇 년 지나지 않아서 무려 현 시세의 3배에 가까운 가격에 리세일, 즉 재매각한다면 기절초풍하고도 남겠지.'

실제가 그러했고 사실이 그랬다.

다시 말해서 자신들이 경매로 매입한 가격의 세 배가 아니라 현 시세 그러니까 총투자비가 997억이니 이윤을 남기고 매각한다고 봤을 때 1,500억쯤 된다고 보면, 그 세 배인 4,500억에 재매각을 하는 만행을 저지른다.

그런데 그 가격에 매입해야만 하는 우리의 현실은 또 눈물겨울 수밖에 없었다.

"담용 군, 자넨 그들이 얼마에 입찰할 것이라 예상하는가?"

"단언컨대 결코…… 400억을 넘지 않을 것이라 여겨집니다."

실제로는 더 정확히 알고 있는, 더 낮은 가격이었지만 지금은 그냥 두루뭉술하게 말했다.

그래도 놀라는 건 마찬가질 일 것이다.

"헐! 400억! 그, 그렇게 단언하는 이유라도 있는가?"

"있지요. 바로 외투사들 모두가 돈에 굶주리다 못해 지친 승냥이이기 때문입니다."

"스, 승냥이?"

"그것도 먹이만 발견하면 가차 없이 뜯어먹으려 드는 이리 떼지요."

바인더북

"그 말은⋯⋯. 그러니까 외투사들이 국내에서는 그 어느 기관에서도 투자할 능력이나 여력이 없다고 보고 저들 마음대로 부동산 자산들을 유린해 버린단 말이 아닌가?"

"바로 그겁니다. 상식 밖의 가격으로 후려치는 건 바로 우리의 약세를 봤기 때문이지요. 그리고 이것이 그들이 돈을 버는 방법이기도 하고요. 뭐, 우리나라뿐만 아니라 세계 곳곳에다 자행한 수법이니 새삼스러운 일도 아닙니다. 그걸 모르고 있다는 자체가 우물 안 개구리이고 조금⋯⋯. 냉정하게 말하면 모르고 있었으니 당해도 싸다는 겁니다. 그들은 그렇게 자산들을 싸구려로 매입해 가면서도 도리어 큰소리치는 작자들입니다. 우리나라에 무상 원조를 해 줬다고 말입니다."

"푸헐!"

"망할 작자들 같으니⋯⋯."

"거참, 썩을 놈들일세."

"이제부터 놈들과 직접 부딪치다 보면 제 표현이 그래도 점잖은 축에 속했다고 느끼실 겁니다."

"그 정도일 줄은 정말 몰랐네. 하면 캠코로 갔다고 하세. 자넨 얼마를 써 넣을 작정인가?"

"그건 현장에 가서 결정하려고 합니다."

"자신은 있고?"

"80퍼센트 이상은요. 적어도 세 분을 실망시키지는 않을 겁니다."

"시세대로 사려면 안 가느니만 못하겠지?"

"물론이지요. 500억에 매입하더라도 내년이면 1,000억에 매각할 수 있습니다."

"양도소득세를 제외해도 엄청 남는 장사로군."

"투자사들을 유인하기 위해 적지 않은 혜택을 부여하고 있으니 더 남을 것입니다."

"80퍼센트의 자신감을 100퍼센트로 만들어서 반드시 낙찰받아 오게."

"그럴 겁니다. 그것도 놈들의 복장이 터져 죽을 정도의 아슬아슬한 금액으로 말입니다."

"그게 무슨 말이지?"

"고 아우, 담용 군은 놈들이 적어 낸 금액에서 매우 근소한 차이로 낙찰을 보겠다는 소리네."

"잉? 담용 군, 그, 그게 가능한가?"

"후후훗, 최선을 다한다면 불가능한 일도 아닙니다."

"헐! 당최 그 자신감은 어디서 나오는 겐가?"

"하하핫, 제게 인체 풍수를 보는 능력이 있다는 것을 잊으셨습니까?"

"엉? 그, 그걸 믿는 거라고?"

"그럼요. 어느 투자사가 나오든 상대방의 인체 풍수를 보고 입찰 금액을 가늠해 보면 가능할 것 같거든요."

"호오, 인체 풍수가 그런 것도 가능한가?"

"장담하기는 어렵지만 최선을 다하다 보면 길이 나오겠지요."

"허허헛. 정말 그렇다면 무슨 걱정이겠는가?"

"하하하. 그러고 보니 우리에겐 담용 군이란 막강한 마술사가 있었네. 그렇지 않습니까, 마 회장님?"

"허허헛, 허튼소리를 하지 않는 친구니 고 아우의 말도 틀리지 않을 걸세."

"하하핫, 그렇죠? 하면!"

뭔가 대단한 것을 발견한 것처럼 고상도 회장이 눈을 빛내더니 담용에게 물었다.

"담용 군, 조금 전에 말하길 복장이 터져 죽을 정도의 금액이라면 얼마 정도의 차이로 낙찰을 보겠다는 건가?"

"대략…… 하하핫, 아직은 비밀입니다."

"뭐? 비, 비밀?"

"예, 천기를 누설하면 될 일도 안 되거든요."

"헐, 그깟 게 무슨 천기씩이나……."

"가능하다면 놈들이 분해서 미칠 정도로 매우 근소한 차이로 낙찰받고 오겠습니다."

"뭐? 큭! 크하하하하……. 거…… 말이라도 참으로 통쾌하구만. 안 그렇습니까, 주 회장님?"

"이 사람·아주 신 났구먼그랴?"

"아, 신 나고말고요. 가만! 오후 한 시부터면 지금 출발해야겠는데요?"

"그렇구먼. 하면 누가 가지?"

"아, 제가 정해 봤습니다. 마 회장님께서는 부동산 경험이 있으시니 오늘은 주 회장님께서 저와 함께 가셨으면 합니다. 구태여 고 회장님까지 가실 필요가 없는 것은 굳이 놈들에게 우리를 노출시킬 필요가 없어서입니다."

"나야 다음에 가 봐도 되니 괜찮네."

"하면 심부름할 직원이라도 데리고 가지 그러나?"

"그러지 않아도 김용해 대리를 대기시켜 놨습니다."

"김 대리라면 심부름 정도는 차질 없이 할 테니 잘됐군. 그럼 어여 출발하게."

"예."

"주 회장도 수고하고."

"나야 담용군만 따라다니면 되는데 수고는 무슨……?"

"이 사람아, 젊은 놈 뒤치다꺼리가 얼마나 힘든데 그래?"

"어? 그래?"

"암은. 헥헥거리지 않으려면 힘을 아껴야 할걸."

"이, 이봐, 목우, 바꾸자. 자네가 가."

"싫다. 두목이 이미 정한 걸 쫄따구가 감히 어디서 항명인가, 항명이?"

"……!"

강남대로에 위치한 한국자산관리공사(KAMCO).

캠코의 지하 주차장에 차를 주차한 담용이 주경연 회장과 김용해 대리를 대동하고 엘리베이터를 이용해 1층에 당도하자, 기다렸다는 듯이 단정한 차림의 안내 여직원이 마중을 해 왔다. 척 봐도 경매일인 오늘을 위해 특별히 준비한 여직원 같았다.

"어서 오십시요. 무엇을 도와 드릴까요?"

"아, 경매에 참가하려고 왔습니다만······."

"네. 안내해 드리겠습니다. 이쪽으로 오세요."

등을 보인 여직원이 맞은편 엘리베이터로 가더니 두 손을 앞에 모으고 서 있는 남자 직원에게 말을 걸었다.

"하 대리님, 경매에 참가하실 분들이세요."

"아, 예. 수고했어요."

여직원에게 담용의 일행을 인계받은 남자 직원이 미소를 지으며 말을 건네 왔다.

"안녕하십니까? 금융자산관리부의 하성훈 대리입니다. 경매장으로 안내해 드리겠습니다."

"고맙네."

캠코에 도착하면서부터 나이가 지긋한 주경연 회장이 일행들을 이끄는 모양새를 갖춘 상황이라 대신 대답했다.

하성훈 대리의 안내를 받아 간 곳은 3층에 있는 컨벤션 룸
이었다.

　　출입문 앞으로 다가간 하성훈이 담용의 일행을 가리키며
말했다.

　　"과장님, 경매에 참가할 분들이십니다."

　　"어, 그래. 어서 오십시오. 반갑습니다. 박영무 과장입니
다. 여기……."

　　자신의 명함을 세 사람 모두에게 건넨 박영무가 책상 위에
있는 두툼한 방명록을 내밀었다.

　　"여기 방명록에 서명을 해 주시면 감사하겠습니다."

　　"흠. 알았네. 담용 군, 부탁하네."

　　"예."

　　펜을 든 담용이 주경연 회장을 대신해서 방명록에 서명을
했다.

　　그러면서 박영무란 이름이 낯익다는 생각을 했다.

　　다름 아닌 금산빌딩 건으로 송동훈과 유장수와 상담을 했
던 인물이었던 것이다.

　　회사명 : 주식회사 센추리 홀딩스
　　직위 : 대표
　　성명 : 주경연
　　연락처 : 518-○○○○

"예, 감사합니다. 이걸 받으십시오."

박영무가 두툼한 봉투를 주경연 회장에게 건네주는 것을 담용이 대신 받아서 김용해 대리에게 건네며 물었다.

"이게 뭐지요?"

"경매 물건의 개요와 하한가가 적혀 있는 서류입니다. 그리고 희망하시는 물건을 신청하는 서류도 같이 동봉되어 있으니 이따가 설명을 들으신 다음에 금액을 써서 제출하시면 됩니다."

"아, 고맙소."

"그럼 안으로 들어가셔서 노란 선을 피해서 빈자리를 찾아 앉으시면 되겠습니다."

그렇게 말한 박영무의 눈짓에 대기하고 있던 여직원이 출입문을 열어 주었다.

웅성웅성.

출입문이 열리자마자 들려온 소음은 적지 않은 사람들이 흘려 내는 웅성거림이었다.

아울러 냉방이 되고 있음에도 불구하고 북적이는 사람들로 인해 발생됐을 후끈한 열기가 먼저 피부에 와 닿는 느낌이다.

그런 와중에도 담용은 실내가 마치 연회장을 방불케 하는 분위기임을 느꼈다.

하얀 식탁보를 두른 원탁에 고풍스러운 의자 그리고 약간의 다과가 놓여 있는 분위기가 그러했다.

"제법 많이 왔군."

"경매 물건이 한두 개가 아니니까요."

"그중에 각자 노리는 물건은 따로 있을 테지."

"그럴 겁니다. 그중에 담합한 물건이 없으란 법은 없지요."

"서로 이윤을 주고받는 것이야 오래된 관행이자 법칙이긴 하지."

오랜 연륜에서 오는 경험치로 하는 말이었다.

자신들이야 엠마타워 하나만을 위해 이곳으로 온 것이지만 그 이외에도 갖가지 물건들이 경매로 나와 있을 것이고 보면 십중팔구다.

실로 복마전이라 할 수 있는 곳이다.

담용과 주경연 회장이 얘기를 나누며 실내를 둘러보는 사이 빈 테이블을 찾은 김용해 대리의 음성이 들려왔다.

"회장님, 이리로 오십시오."

"흠, 저리로 가세."

"예."

그렇게 세 사람이 나란히 자리를 잡고 앉았다.

그리고 얼마 지나지 않아서 빈자리가 없을 정도로 실내가 거의 차 버렸다.

그 결과 분위기는 더 시끌벅적해졌다.

도떼기시장은 아니어도 분위기가 산만해진 것이 국제입찰

장소로서의 격이 떨어지는 것 같았다.

'원래 이런가?'

담용도 처음 들어와 본 곳이라 그러려니 하고는 박영무가 피해 달라고 주의를 줬던 앞쪽의 테이블부터 살펴보았다.

몇 군데 빈 테이블이 있긴 했지만 한국인들과는 피부 톤부터 다른 외국인들의 지정석인 듯 언뜻 보기에도 외국 투자사에서 파견된 실무진들 같아 보였다.

그들과 같이 자리하고 있는 네다섯 명의 동양인은 아마도 일본인들일 것이다.

담용은 왠지 모르게 마음이 상하는 기분이었다.

'쩝, 첫날부터 괄시를 받는 기분이군.'

그것도 내 나라에서 자국민인 사람이 외국인들보다 못한 대접을 받으니 기분이 좋지 않았다.

멀리서 온 외국 자본가들을 대접해 줘야 한다는 점을 이해 못 하는 것은 아니지만 굳이 이렇게까지 차별을 둬서 진행할 필요가 있을까 싶었다.

그렇다고 해서 물건들의 가격을 후하게 쳐줄 작자들도 아닌데 말이다.

아니, 후려치지 않으면 다행일 것이다.

돈 앞에서는 인정도 사정도 없는 작자들이 바로 외투사들임을 안다면 저런 대접을 할 까닭이 없다.

더욱이 단기 펀드 전문 회사, 즉 론스타나 모건스탠리 그리고 골드만삭스 등은 오지 말라고 해도 아귀처럼 달라붙을 외투사들이라 대접해 줄 가치도 없는 작자들이다.

그나마 치고 빠지더라도 단기 펀드 전문인 이들 회사보다 개미 눈물만큼이나마 양심이 있어 보이는 외투사들이 바로 싱가폴 투자청과 도이체방크 그리고 로담코 같은 장기 펀드 회사다.

이를 쉽게 풀이해서 얘기하면 이렇다.

글로벌 부동산 시장에는 단기 투자적 성격이 강한 헤지펀드나 사모펀드가 1차로 부동산을 취득한 후, 이를 연기금年基金과 같이 장기 펀드 회사에 넘기는 일은 수학의 공식이라 할 정도로 다반사로 이루어진다.

특히 주로 고수익 추구의 오피스들이 단기 펀드의 집중 타깃이 되며, 또 이들 펀드 회사는 리모델링 등을 통해 건물을 개보수한 후 경기 회복에 맞춰 임대료를 인상하는 것이 공식화되어 있다.

임대료가 어느 정도 올랐다 싶으면 연기금과 같은 장기 펀드에 이익을 남기고 되파는 것이다.

이것이 단기성 사모펀드나 헤지펀드 회사의 전형적인 투자 방식인 것이다.

다시 말해서 IMF 직후인 1998년을 전후해 서울의 오피스 빌딩을 가장 먼저 구입한 론스타, 골드만삭스, 모건스탠리 등의 외투사들이 리모델링이나 개보수 이후, 임대료 수익과

장기적인 시세 상승을 기대하는 싱가폴 투자청이나 도이체 방크, 로담코 같은 장기 펀드 회사에 되파는 형식이라 할 수 있었다.

뭐 그래 봐야, 투자사들로서의 마인드라야 오십보백보 또는 도토리 키 재기지만 말이다.

2000년인 지금은 외투사들이 1998년에 발 빠르게 움직인 이후 2차 대란이라고 보면 된다.

하지만 그때는 아직 기업들이 정신이 없는 와중이어서 알토란이라고 할 수 있는 자산들이 매각된 예가 그리 흔하지 않았다.

하나 작금은 금융 구조 조정이 본격화됨으로써 정부가 기업들의 비업무용 부동산들을 시급히 처리하라는 최후의 통첩을 한 상태라 바쁘게 된 형국이었다.

경제 민주화 국가에서 웬 말이냐 싶겠지만 정부의 시책에 따라야만 하는 이유가 있다. 바로 정부가 공적 자금 지원이라는 전가의 보도를 들고 휘두르고 있기 때문이었다.

여차하면 공적 자금의 지원은 없다는 말처럼 무서운 말이 없을 시기이니 당연한 조치이며 행위였다.

"크흠. 담용 군, 쟤들이 외투사에서 나온 애들인가?"

"예. 연봉을 우리나라 돈으로 십억 정도를 받는, 대단히 똑똑한 인재들이지요."

"시, 십억?"

가진 게 돈밖에 없다는 주경연 회장도 '억!' 소리가 나올 정도로 십억이란 연봉은 실로 대단한 금액이었다.

　하기야 IMF 상황인 2000년도에 십억의 연봉은 담용이 회귀할 당시의 금액으로 환산해 보면 대략 오십억 원 이상의 가치로 여겨지니, 재벌 경영자 외에는 어느 누구에게도 꿀리지 않을 연봉인 것이다.

　"예, 더 받는 사람들도 있을 겁니다."

　"헐! 뭐가 그렇게 많아?"

　"한 해에도 회사에다 수백 수천억을 벌어 주는 인재들이니 그만큼 주고도 남는 장사지요. 더 놀라운 점은 월급보다 성과급으로 받는 돈이 더 많다는 겁니다."

　"헐, 대단하이. 하면 담용 군 자네도 저 사람들처럼 연봉을 한껏 받아 보지 그러나?"

　"하하핫, 안 그래도 그럴 작정입니다. 저 친구들과 경쟁하는 의미에서라도요."

　"허허헛, 해내기만 해. 내 팍팍 밀어줄 테니까."

　"감사합니다."

　'허허허, 담용 군 자네라면 늙은이들이 얼마든지 밀어줄 수 있지.'

　주경연 회장으로서는 여태껏 담용을 지켜본 결과라 진심으로 내뱉은 말이었다.

　"근데 성과급이 연봉보다 더 많다고 할 정도면 입찰 담합이 가능하기나 한가?"

"충분히 가능합니다."

"응? 어, 어째서?"

"외투사라고 해서 다 똑같은 성격은 아니니까요."

"경영 방침이 다른 건가?"

"비슷해요. 각자 추구하는 이익 방식이 다르다 보니 그리 흔한 건 아닙니다만 작정하고 담합한다면 꼭 그렇지도 않지요."

"흠. 양보해 주는 대신 서로 손해를 보정해 주는 방식을 취한다?"

"바로 그겁니다. 다시 말해서 실적에 목말라하지 않아도 됨과 동시에 과외의 벌이까지 생기니 수익은 더 늘어나지요."

"레벨들끼리의 담합이로군."

"맞습니다. 끼리끼리 해 먹는 거지요. 특별한 것이 아니라면 정보도 같이 공유하며 움직이는 작자들이지요."

"아직 시간이 있는 듯하니…… 저들에 대해 조금 설명해 주겠나?"

"그야 어렵지 않지요. 저들은 모두 투자를 전문으로 하는 펀드 회사입니다. 즉 펀드란 불특정 다수인으로부터 모금한 투자 기금으로 운용하는 회사를 말하지요. 이 말은 곧 실적 배당형 성격 투자 기금이란 뜻입니다. 다만 투자 기간을 단기에 끝낼 것이냐 장기적으로 갈 것이냐 하는 것으로 구분이 되긴 하는데……."

"그건 나도 들었네. 그걸 두고 단기 펀드니 장기 펀드니 한다지?"

"그렇습니다. 아마 이들 중 대부분은 짧은 시일 안에 치고 빠지려는 단기 펀드 회사에서 나온 사람들일 겁니다."

"장기 펀드 회사는 왜 안 온 건가? 이유라도 있나?"

"장기 펀드 회사는 단기 펀드 회사가 투자를 해서 상품화한 이후에나 비로소 끼어들어 매입하게 됩니다. 물론 전부가 그런 건 아니지만 대부분은 그런 셈이지요."

"그렇게 되면 펀드 회사로서 큰돈을 벌기가 어렵지 않나?"

"장기 펀드 회사들은 자산 구성 차원에서 임대 수익률이 금리 수준만 돼도 투자를 합니다. 이유는 안정적인 오피스 임대료야말로 가장 확실한 투자처라고 여기기 때문이지요."

"하긴……. 마 회장처럼만 한다면 리스크가 적고 확실하고도 안전한 투자라 할 수 있지."

"마 회장님과는 방식이 좀 다릅니다만……. 아무튼 그들 역시 시세가 좋을 때가 되면 놓치지 않고 매입가의 배나 되는 이익을 남기고 팔아 치웁니다. 그게 핵심 사항이 될 수 있는 것은 우리나라가 IMF 상황이기 때문이지요."

"헐. 나락으로 떨어진 상태니 사 놓기만 하면 앞으로는 오를 일만 남았다는 건가?"

"바로 그거지요."

"허어, 망할 일이 없겠군."

"말처럼 쉬운 게 아닌 것이 아무리 IMF 사태에 직면한 나라라고 해도 그만큼 미래의 부가가치를 헤아릴 만한 역량을 지녀야만 가능하다는 겁니다."

"당연할 테지. 그런데 앞좌석에 앉은 동양인은 일본인인가 보지?"

"예, 일본에서는 노무라증권 같은 몇몇 금융권에서 참여를 한 걸로 알고 있습니다."

"헐, 그것도 다 알아본 건가?"

"조금요. 상대방에 대한 정보가 없이는 우리도 목적을 달성하기 어려우니까요."

"옳은 말이야."

"그 외의 사람들은 아마도 국내에 들어와 있는 외국계 기업에서 보낸 사람들일 겁니다."

"투자사가 아니고?"

"아닐 겁니다."

"그런데 왜 왔지?"

"저 사람들로서는 자주 오는 기회가 아니니까요."

"응? 무슨 말인가?"

"회장님 같으면 이번 기회에 헐값으로 공장 부지나 사옥을 구하려고 하지 않겠습니까?"

"아아……."

아주 간단하게 요점만 짚어 되물어 오는 담용의 말에 주경연 회장이 고개를 연신 끄덕이는 것으로 대답을 대신했다.

'허어, 대단하군.'

주경연 회장은 담용이 식견도 대단했지만 정보력 또한 그에 못지않게 갖추고 있음을 알고는 내심 감탄해 마지않았다.

자연 기꺼울 수밖에 없는 주경연 회장으로서는 담용이 그냥 젊은 혈기만 가지고 외투사들과 맞서겠다고 한 것이 아님을 실감하고 있었다.

"우리나라에서는 참여한 기업이 없는가?"

"딱 한 군데가 있습니다. 그것도 반의반 쪽짜리 지분으로요."

"어? 그래? 어딘가?"

"제가 알기로는 SS생명이 모 외투사와 지분으로 연계해서 참여하고 있는 걸로 알고 있습니다."

"이상하군. SS생명이라면 그리 궁한 기업이 아닌데……."

"국가 부도 사태인 상황에서 SS생명이라고 자유로울 수는 없겠지요."

"하긴……."

IMF라는 직격탄을 맞아 국가의 부도 사태에까지 이른 총체적 난국은 일파만파가 되어 견실한 기업이라고 해서 홀로 독야청청할 수는 없었다. 그것은 그 기업 역시 하나의 구성원에 지나지 않기 때문일 것이다.

"이제 시작하려나 보군."

주회장의 말처럼 단상에 캠코의 관계자가 올라와서 자리

하더니 곧 입을 열었다.

"Ladies and gentlemen, welcome to KAMCO. My name is Hyuntae Oh. I work in the asset management department."

그렇게 자신을 소개한 후 꾸벅 인사를 한 오현태가 말을 이었다.

"Now listen carefully to what I'm saying……."

"에잉, 웬 꼬부랑말만 해 대는 거야?

통 알아먹지 못하는 영어 탓에 그만 김이 팍 새 버렸다는 표정을 감추지 못한 주경연 회장의 얼굴이 심하게 일그러질 때 담용이 웃음기 섞인 목소리로 말했다.

"후후후, 자국 투자사가 아닌 외국 투자사들을 위해서 마련한 자리이니 당연한 겁니다. 하지만 우리도 그만한 역량이 있으면 상관은 없지요."

"이 사람아, 영어가 돼야……."

"하하핫, 그게 뭐가 어렵다고 그러십니까?"

"……?"

"에또……. 해석을 하자면 이러네요. 처음은 자신이 금융자산관리부에 근무하는 오현태라며 자기소개를 한 것이고요. 그다음을 해석하자면……. 지금부터 제 말을 잘 들으시고……."

'헐! 여, 영어까지!'

담용이 영어까지 능숙하게 통역하고 나서는 것을 본 주경연 회장의 표정이 살랑살랑 불어오는 봄바람처럼 훈훈해졌다.

　'이놈 이거……. 보면 볼수록 진국일세그려.'

　"나눠 준 서류를 보면 물건들이 기재되어 있을 것입니다. 필요로 하시는 물건에 체크를 하시고 희망하는 가격을 기록해서 제출하시면 됩니다. 이상 질문이 있으시면 각 코너마다 대기하고 있는 저희 직원들에게 문의하시면 되겠습니다. 기타 다른 사안에 대한 문의도 언제든 환영합니다. 아울러 약소하지만 다과를 마련해 두었으니 더 필요하시면 요구하십시오. 마지막으로 제한시간은 오후 세 시 정각임을 알려 드립니다."

　"그게 끝인가?"

　"예. 이제부터 우리도 머리를 싸매야지요."

　"엉? 미리 준비해 온 것 아니었나?"

　"하하핫, 하면 일찌감치 제출하고 나갈까요?"

　"어? 그게 그런 얘기가 되나? 허허헛."

　머쓱해하며 웃는 주경연 회장을 본 담용이 조금은 정색한 표정으로 입을 뗐다.

　"저……. 제가 두 분을 이곳으로 모시고 온 이유가 있습니다."

　"이유?"

　"예."

　"뭔가?"

"외투사들과의 본격적인 싸움은 이곳보다 실제로는 바깥에서 더 치열합니다."

"흠. 그래서 하고 싶은 말이 뭔가?"

"향후부터는 두 분만 이곳으로 왔으면 해서요."

"자넨 왜?"

"앞으로 전 밖에서 활동하기도 벅찰 테니까요."

실지로도 회귀 전이 그러했었다. 이유는 많은 기업들이 캠코에 의뢰하기보다는 암암리에 외투사들에 접근해서 가격을 흥정하는 일이 다반사로 일어났기 때문이었다.

승냥이들은 그런 경우에도 무소불위의 금력을 가차 없이 휘둘러 하품이 나올 만한 헐값에 매입했던 것이다.

바로 승냥이들이 담합의 극치를 이룬 결과였다.

기업들의 약점을 알고 있는 한 담합은 여반장이었다. 외투사들이 아니면 매입해 줄 자본가들이 전무했기 때문이었다.

여기서 더 말하라면 열불이 터지는 내용들밖에 없을 정도로 극악한 실태의 예는 많고도 많았다.

"입찰 가격은 어떡하고?"

"그건 제가 미리 써 드릴 테니 그대로 써서 제출하시면 됩니다."

"흠, 그렇다면야……."

"김 대리님."

"예, 팀장님."

"오늘 제가 하는 것을 보고 여기 올 때마다 그대로 따라 하시면 됩니다. 하실 수 있겠지요?"

"그야……. 어려운 일도 아닌데요 뭐."

"그렇긴 합니다만, 대신 올 때마다 분위기를 잘 파악해 보고 제게 알려 주십시오."

"그렇게 하겠습니다."

"좋습니다. 그럼 써 볼까요?"

"예, 여기 있습니다."

김용해 대리가 출입구에서 받은 서류를 내밀 때 담용의 목소리가 낮아졌다.

"엠마타워가 오늘 나온 물건 중에 가장 규모가 큽니다. 그래서 노리는 자들도 돈이 많은 외투사들밖에 없을 겁니다."

"그렇겠지."

투자비만 물경 1,000억에 가깝다 보니 절반의 금액이라도 해도 500억이니 웬만한 기업들로서는 언감생심일 것이다.

슥. 스슥. 슥.

담용이 입찰 가격란에 거침없이 숫자를 써 내려갔다.

삼백이십구억일천일만 원 정(32,910,010,000)

"허어. 그렇게 싸……."

"쉿! 회장님, 목소리가 큽니다."

"아아, 그래. 하지만 가격이 너무……."

"제 능력을 믿는다고 하지 않았습니까?"

"그야……."

"그러시다면 제가 하는 대로 놔두십시오. 그리고 이런 경매장에서는 포커페이스를 유지하는 게 생명이니 다음에 올 때는 표정 변화에 주의하십시오."

"크흠. 아, 알았네."

"김 대리님도요."

"예. 예. 며, 명심하겠습니다."

황급히 대답은 했지만 입찰 가격을 본 김용해 대리의 표정이야말로 경악 그 자체라고 할 수 있었다.

그도 그럴 것이 상식적으로 도저히 납득이 가지 않는 금액을 낙찰가로 기입했으니 창피해서 고개를 들지 못할 정도였다.

마치 장난하는 기분이 이런 마음일까 싶었다.

가히 강탈이나 다름없는 가격.

그럼에도 불구하고 자신으로서는 하늘같이 여기는 주경연 회장을 일언반구조차도 못하게 입을 막아 버리는 작자가 하는 일이니…….

그것도 자신보다 더 젊디젊은 놈이 말이다.

'후후훗, 표정들이 영…….'

이해할 만했다.

왜 안 그렇겠는가?

투자 대비 3분의 1 가격이 겨우 넘는 상식 밖의 금액을 적었으니 아마도 장난이라고 여기고 있을 것이다.

아니, 딱 그런 표정들이다.

'에효, 저 작자들은 저보다 더 낮은 가격이라고요.'

가슴이라도 후련하도록 크게 외치고 싶었지만 어차피 결과가 말해 줄 것이니 그냥 참고 넘겼다.

"김 대리님, 더 기다릴 것 없이 가서 제출하고 오세요."

"그, 그러지요."

엉거주춤 일어난 김용해가 밀봉된 봉투를 들고는 담당 직원이 있는 곳으로 향했다.

"자신 있나?"

"엠마타워는 이제 우리 소유가 될 것이니 돌아가시면 인수할 준비를 해 주십시오."

"거참……."

'후후후, 주 회장님, 그래도 파이낸싱 스타가 써낸 금액보다 무려 일만 원이나 많다구요, 후후후…….'

태스크포스팀 발족

㈜파이낸싱 스타의 한국 지사.

뒷짐을 진 채 외벽 전체가 강화유리로 된 창을 통해 바깥 풍경을 바라보고 있던 체프먼이 다소 어이가 없다는 어조로 내뱉듯 말했다.

"호건, 이게…… 말이 된다고 생각하나?"

"아니, 어이가 없는 노릇이지."

"그래, 겨우 설득해 놓은 싱카폴 투자청에도 면목이 안 서고 말이지."

"맞아. 마이클이 옥션 직전에야 겨우 합의를 본 건인데……. 거참, 창피하게 됐군."

"대체 어디서 나타난 녀석들이야?"

"센추리 홀딩스?"

"응."

"들어 보기나 했어?"

"전혀…… 곧 마이클이 알아 오겠지만 뒤통수를 제대로 맞은 것 같아."

"……."

"이봐, 호건."

"응?"

"그게 개인이든 법인이든 간에 차액이 단돈 10달러도 안 되는 돈이었다는 거 알아?"

"모를 리가 있나? 그뿐이겠어? 팀장이 지금 가까스로 화를 삼키고 있다는 것도 잘 알지."

"그래, 내 고고했던 자존심에 그만 생채기가 나 버렸어."

"그 기분…… 이해해."

표정도 변함이 없어 보이고 말투도 차분하지만 체프먼이 내심으로는 수치심을 참느라 극고의 인내력을 발휘하고 있음을 모르지 않는 호건이었다.

그나마 세계 각국을 다니면서 다져진 인내심 덕분이다.

그러나 그 인내심은 그리 길게 가지 않는 데다 뚝심이라곤 아예 없는 속 빈 강정이었다.

당연한 것이 애초 가져 보지 못했던 것의 상실이라면 모를까 이미 먹잇감으로 점찍어 뒀던 것을 잃어버렸으니 그 심정인들 오죽할까?

그래서 더 화가 치밀기도 할 것이다.

'쯧, 건드릴 사람을 건드려야지. 누군지는 모르겠지
만…… 재수에 옴 붙었군.'

체프먼의 지랄 같은 성격을 알기에 내심으로 읊조리는 말
이다.

덩달아 자신과 마이클이 피곤해질 것을 생각하니 벌써부
터 머리가 지끈거려 오는 기분이다.

이런 감정들은 두 사람이 체프먼과는 애당초 신분이 다르
다는 데서 비롯됐다.

바로 경영주의 자제와 생판 남인 종사원이라는 관계가 그
것이다.

비록 자신과 마이클이 체프먼과 같이 명문 버클리대학을
졸업한 동창이자 또 오랜 친구 사이라지만, 신분의 차이에서
오는 간극을 메우기는 결코 쉽지 않았다.

아니, 불가능에 가깝다고 할 수 있었다.

친구 사이라 말을 편하게 하고 또 서로 격이 없다고는 하
지만 가진 자의 부富란 가지지 못한 자가 다가가기에는 상상
을 초월하는 두꺼운 벽이라 같이 있는 내내 편한 마음일 수
가 없었다.

어쨌거나 체프먼이란 친구는 그 자신의 신분만큼이나 자
존심도 강해서 어떤 수단과 방법을 동원해서라도 엠마타워

를 재매입하고 말 것임은 불을 보듯 빤했다.

물론 그 수단과 방법 중에는 폭력도 불사하는 잔인성도 포함되어 있었다.

그것이 체프먼이 그 자신의 자존심을 지킴과 동시에 실적을 쌓고 또한 대외적으로 약속한 싱가폴 투자청에 신용을 지키는 그 나름대로의 방식이었다.

'젠장. 일이 잘 해결되면 좋겠군.'

체프먼과 마이클은 몰라도 자신은 폭력으로 해결하는 부분이 가장 싫었고, 또 거기서 오는 스트레스가 장난이 아닌 탓에 일부러 피하는 편이다.

'제길……'

호건은 불현듯 피곤이 한꺼번에 밀려오는 것만 같아 일시 현기증이 이는 기분이었다.

'후우−.'

굳이 하지 않아도 될 일을 그 얄량한 자존심 때문에 되짚고 가야 하는 비즈니스는 정말 피곤하기 짝이 없지만, 순리대로 풀릴 확률이 적다는 것이 문제였다.

물론 자주 있는 일은 아니지만 짜증 나는 것만큼은 확실하다 보니 똥 밟은 기분이다.

이유야 당연한 것이 부도가 나서 IMF의 구제 금융하에 있는 나라인 만큼 땅 짚고 헤엄치는 식의 돈벌이가 되는 부동산들이 지천인 판국에 굳이 그럴 필요가 있느냐는 것이다.

'끙, 그놈의 귀족 의식…….'

자신의 실수나 잘못을 인정하지 않고 세상의 모든 일이 자신을 중심으로 돌아가고 또 자신의 뜻대로 된다고 믿는 부류가 바로 체프먼 같은 부유층 자제들인 것이다.

벌써 10년째 겪고 있는 일이라 호건은 내심 불만이 없지 않았지만, 적지 않은 연봉이 발목을 잡고 있는 데다 또한 입안의 사탕처럼 구는 법을 알기에 입을 열지 않을 수가 없었다.

"마이클이 돌아오는 대로 금방 조치를 취할 테니 너무 언짢아하지 말게."

"협상을 잘해야 할 거야."

"낙찰을 받고 며칠 만에 수익이 생기는 건수가 얼마나 있겠어?"

"하긴……. 더구나 잔금은커녕 계약금만 지불한 상태에서는 더 그렇겠지."

"맞아. 십억만 얹어 줘도 금방 뱉어 낼 거야."

"십억? 그건 호건 자네 연봉이야."

"아, 말이 그렇다는 거야."

"잘됐네. 오랜만에 이런 일이 생겼으니 예전처럼 흥정하는 액수만큼 둘이서 나눠 가지면 되겠군그래."

"흠, 상대의 정서를 모르는 이상 자신할 일은 아니야."

"물론 하루하루 시일이 지나다 보면 어려울 수도 있고 쉽게 풀릴 수도 있겠지."

"일단 마이클의 말을 들어 보고……. 응?"

덜컥.

말을 하던 도중 출입문이 열리는 기척에 호건의 시선이 돌았다.

"오! 마이클."

호건이 까만 피부의 흑인이 들어서는 것을 보고는 반색을 했다.

"후우, 조금 늦었네."

"알아. 점심시간이 끼어 있었으니까."

"그것보다 낙찰을 받은 회사까지 다녀오느라 늦었네."

"호오! 벌써?"

"응."

"하면 흥정도 했겠네?"

"미룰 것 없잖아?"

"그렇긴 하지. 그래, 반응은?"

"답은 노야."

"뭐? 거절했다고?"

"응. 매각할 물건이 아니라더군."

"하면 용도가……?"

"그걸 내게 말해 줄 이유가 없다며 딱 자르더군."

"흐흐흠."

말이야 맞지만 마이클이 거기서 물러날 친구가 아니라는 것을 알고 있는 체프먼과 호건이 눈빛을 발하며 다음 말을 기다렸다.

　"센추리 홀딩스는 지난 5월에 발족한 새내기 법인이더라고."

　"신생 법인?"

　"응. 그것도 주주가 달랑 일곱 명밖에 없는 법인."

　"혹시 페이퍼 컴퍼니(유령 회사) 같은 느낌은 없었어?"

　"천만에. 처음엔 나 역시 생뚱맞은 회사라 여겼지만, 자세히 알아보니 세 노인네가 주축이 된 회사더라구."

　"엉? 세 노인네? 그게 무슨 말이야?"

　"뭐, 내일 죽어도 이상하지 않을 정도의 나이는 아니고…… 70대 노인 두 명과 60대 노인 한 명이 모여서 돈을 갹출한 것 같더라구."

　"하! 노인네들이 무, 무슨 목적으로 그런 투자회사를 만들었대? 아니, 그 전에 무슨 돈으로 그런 일을 저질렀대?"

　"목적까지는 아직 잘 모르겠고……. 조금 더 알아보니 세 노인네가 제법 비중 있는 인물들이더군."

　"……?"

　"각기 증권과 부동산 그리고 귀금속 분야에서는 방귀깨나 뀌는 인물들이더라구. 물론 지금까지도 왕성하게 활동하고 있고 말이야."

"흥, 결론은 재매각이 쉽지 않을 거란 얘기군그래."

"팀장, 상공회의소에 알아보니 자본금이 50빌리언 원(billion won : 오백억 원)이었어."

"50빌리언 원이라면……. 약 오천만 달러에 가까운 금액인가?"

되묻는 호건의 눈이 조금 커졌다.

"대충 환산하면 그렇게 되지."

"……!"

확신에 찬 마이클의 말에 얼핏 놀란 기색을 띤 체프먼과 호건이 서로를 쳐다보며 복잡 미묘한 표정을 드러냈다.

자산 운용 회사의 자본금으로 결코 적지 않은 금액이었다.

이렇다 할 두각을 나타내는 몇몇 기업을 제외하고는 100억 원 내외의 자본금으로 설립된 자산 운용 회사가 대부분인 상황이라 500억이란 자본금은 결코 무시할 게 아니었다.

꽤나 충격이었던지 잠시 눈빛만으로 무언의 대화를 주고받던 두 사람 중 먼저 입을 연 사람은 체프먼이었다.

"자본금이 그 정도면 자산 규모도 적지 않겠는걸."

"경험상 오천억 정도의 자산을 보유하고 있다고 봐야겠지."

최소한 자본금의 열 배를 동원할 수 있는 능력을 갖췄다고 보는 것이다. 이것이 돈을 업으로 하는 자산 운용 회사의 특징이다.

"쯧, 더구나 토종이라 설득이 쉽지 않겠군."

끄덕끄덕.

미간을 찌푸린 체프먼이 중얼거리듯 하는 말에 호건이 고개를 끄덕이는 것으로 대답을 대신했다.

시답잖은 애국심을 인정하는 것이고, 더 이상 말이 필요 없는 것은 자본금이 500억 원에 달한다는 내용보다 그 이면에 숨겨져 있을 자산의 규모를 대충 꿰뚫어 볼 수가 있어서였다.

이는 곧 애초부터 재매각을 위해 일시적으로 부동산을 잡아 두기 위한 것이 아니라는 의미였고, 설사 그럴 의도가 있었다손 치더라도 흥정이 쉽지 않을 것임을 시사하고 있는 것이다.

이를테면 애당초 잔금이 없이 물건만 낙찰받아 놓고 잔금일 전까지 실질적인 매수자를 구해 약간의 이윤을 남기고 되팔아 사라지는 뜨내기가 아니라는 것이다.

실제로도 단기 펀드니 장기 펀드 회사니 혹은 헤지펀드니 사모펀드 회사니 하며 간판만 그럴싸하게 걸어 놓고 흙탕물을 튀기고 다니는 회사들이 적지 않은 판국이라 의심은 당연한 것이었다.

더군다나 낙찰 후 24시간 내에 지불하는 계약금이라야 고작 10퍼센트였으니…….

낙찰 금액이 32,910,010,000원이면 계약금은 금액의 10퍼센트인 3,291,001,000원이다.

내지 못할 이유도 없는 데다 60일 내에 지불하게 될 잔금을 치를 능력 역시 없지는 않을 것이다.

"호건, 난 GIC로부터 받을 창피를 감당할 수가 없다."

"알아."

체프먼의 어감이 만만치 않음을 느낀 호건의 시선이 마이클에게로 향했다.

"마이클, 아예 씨도 안 먹히든?"

"잠시 간만 본 상태라고 해도 예감이 별로라는 것을 금세 알 수 있었어."

"그래?"

"응."

"GIC와 약속이 어긋났을 때의 조치는?"

"물론 대비한 건 있지만, 팀장의 기분이 저러니 그게 무슨 의미가 있겠어?"

"하긴……."

손해를 감수하고서라도 반드시 신용을 지켜야만 하는 결벽적인 성격의 체프먼이다. 고로 천금을 써서라도 우선은 신용부터 먼저 지켜 놓고 난 다음에 다른 조치를 취할 것임을 모르지 않아 지금은 다른 대처가 소용이 없다.

그래서 지금쯤 체프먼의 입에서 무슨 말이든 나와야 할 때였다. 벌써 10년 이상 함께해 오고 있는 팀워크이라 이 정도

가늠쯤은 기본이다.

아니나 다를까.

"마이클, 일단 무조건 매입해 오게."

그럴 줄 알았다.

"그러지."

문제는 금액에 한계가 있기에 짚고는 넘어가야 해서 마이클이 물었다.

"얼마까지 써야 할까?"

"달라는 대로 줘."

"응? 그렇게까지?"

"단, GIC 측에 넘길 금액 이상이면 곤란하겠지?"

"그야……."

툭툭.

"마이클, 시키는 대로 해."

"어. 그, 그래."

호건이 옆구리를 치며 눈치를 주자, 마이클도 짚이는 바가 있었던지 고개를 크게 끄덕이며 물러났다.

"호건은 GIC와의 약속을 이상 없이 끝내도록."

"아, 알았어. 그건 걱정하지 마."

"좋아. 그럼 다음 목표가 뭐지?"

"역삼동에 있는 HJ빌딩이야."

"제원이 어떻게 돼?"

"지상 24층에 연면적이 육만 육천 스퀘어미터야."

"꽤 크군."

"규모보다는 테헤란로라는 위치가 돈값을 한다고 보면 맞을 거야."

"흠, 준비하되 이번처럼 쓸데없는 놈들이 끼는 일이 없도록 해."

"알았어."

"엠마타워는 유월이 가기 전에 끝내."

"걱정 붙들어 매."

㈜KRA의 TF팀 사무실.

내사상담과라는 팻말이 없어지고 대신 TF팀이라 쓰인 팻말이 자리를 대신한, 담용과 그 직원들의 사무실이다.

위치는 기존의 자리 그대로였고, 단지 책상과 의자가 더 많아져 조금 더 복잡해졌다.

일찌감치 자리 배치 등의 정리를 끝내고 소개까지 끝난 뒤였지만, 특유의 활달한 분위기이기보다는 조금은 서먹한 분위기가 감도는 실내다.

항상 스스로 '분위기맨'임을 자처하고 나서던 안경태조차도 코를 처박은 채 모니터만 쳐다보고 있는 중이었다. 아니,

확 바뀐 분위기에 슬금슬금 눈치를 보고 있다는 표현이 더 정답에 가까운 것 같다.

그도 그럴 것이 ㈜KRA에서 가장 정예화된, 아니 가장 유능한 인재들이라고 알려진 FC팀의 팀원들이 함께 자리하고 있어 서먹함에 앞서 절로 주눅이 들었기 때문이다.

그것도 달랑 두 명, 정확하게는 1남 1녀가 더해진 것뿐임에도 말이다.

남자 직원은 장영국으로 미국명은 마틴 장이고, 여직원은 고미옥이며 미국명으로는 제이미 고라는 이름을 사용하고 있었다.

외자팀의 일원으로 미국명이 반드시 있어야 하는 것은 외국인들이 편하게 부를 수 있는 호칭임과 동시에 친근감을 가지게 하기 위해서다.

이런 이유로 외국 유학을 가게 되거나 주재원으로 근무하게 되는 경우 으레 외국 이름 하나 정도는 지니게 되는 것이다.

FC팀의 인원이 두 명이었을 리야 있겠냐만, 사실상 팀이 해체되다 보니 불만을 품은 대다수의 팀원들이 회사를 나간 때문이었다. 그것도 팀장이었던 하택훈을 따라서 말이다.

뭐, 말이야 바른말이지 실지로 따져 봐도 내사상담과 팀원들이 외투사 전담 팀인 FC팀에 비해 학력이나 여타 스펙 등 여러모로 처지는 것은 맞다. 그래서 솔직히 말하면 격이 떨어지는 애들과 같이 일하기 싫어서 떠난 것이다. 아니면 보다 나은 직장을 찾아서 갔든지.

그러나 KRA의 특성상 실적을 중요시하므로 고학력이나 스펙 같은 것은 사실 무의미했다.

이를 알고 있으면서도 달랑 두 명일지언정 둘 모두 MBA를 거친 데다 외국어에 능통해 그만 팀원들이 주눅이 들고만 것이다.

물론 유장수야 나이가 있는 데다 그런 것에 초연하니 제외다.

이렇게 된 이면을 잠시 들여다보면 두 사람이 자신을 소개할 때 거의 절반 이상을 영어로 스피치를 했다는 것이 결정적이었다.

그렇게 뻑 하면 알아듣지도 못하는 영어로 '씨부려' 대니 설레발을 잘 치던 안경태마저도 깨갱 하고 있는 것이다.

그것이 불과 5분도 채 지나지 않은 때다.

이에 감각이 무딜 리가 없는 담용이 속으로 풀썩 웃었다.

'푸흣! 하기야 글로벌 시대의 서막을 여는 시기다 보니 영어로 된 전문용어들이 판을 치는 것도 그리 어색하지 않지.'

사실이 그러했다.

5, 6년 후에야 CEO란 말이 흔해지기 시작하나, 2000년대인 지금은 신종 용어로 등장해 이런 말 정도는 써야 유식하다는 소리를 듣는 때다.

CEO는 Chief Executive Officer, 즉 기업의 임원인 Executive Officer 중의 최고 책임자(Chief)를 말하는데, 과거 우리나라 사람들이 좋아하던 대표이사(Representative Director)를 대체하고 있는 Global Standard가 되어 버렸다.

담용도 한때 거기에 발맞추느라 괜히 잘 구르지도 않는 영어를 쏴라거리기도 했었다.

하지만 그것도 IMF가 지나면서 한때의 유행이 지난 패션처럼 시들해지고 말았다.

아무튼 사무실의 서먹한 분위기부터 전환시켜 놔야 업무가 제대로 돌아갈 것 같아 담용이 헛기침부터 해 대며 입을 뗐다.

"크흐흠, 분위기가…… 좀 서먹하죠? 이게 다 팀장이 재미없는 사람이라서 그래요. 그 벌로 오늘 저녁의 환영 파티는 제가 부담하도록 하지요."

이 말에 대뜸 반응을 보인 사람은 그러지 않아도 간질간질해 오는 입을 억지로 참고 있던 안경태였다.

"어? 저, 정말?"

"그럼 정말이지 거짓말일까?"

"아, 아하하하, 오늘 점심은 굶어야겠네."

"훗! 그러든지. 어때요, 두 분?"

비로소 말문이 터진 안경태에게 빙긋 웃어 준 담용이 새로 팀원이 된 두 사람에게 물었다.

"아, 예. 전 괜찮습니다."

남자인 장영국이 대답하고는 맞은편에 앉은 고미옥을 쳐다보았다.

잠시 머뭇거리던 고미옥이 얼굴을 붉히며 담용을 쳐다보더니 어렵사리 입을 뗐다.

"전…… 술을 전혀 하지 못해요."

"아! 그건 염려하지 마세요. 우린 본인이 원하지 않으면 술을 절대 권하지 않으니까요. 그리고 2차를 자주 가는 편은 아니지만, 그것 역시 본인이 원하지 않으면 빠져도 됩니다. 당연히 거기에 대한 불이익 같은 건 없고요."

"어머! 그렇다면 참석할게요."

"하하핫, 괜한 고민을 하셨군요."

"죄, 죄송해요. 저 때문에 좋은 분위기가 깨지는 걸 원치 않아서요."

"물론 서먹한 사이가 술자리에서 한 잔, 두 잔하다 보면 흉허물이 없는 사이가 되긴 합니다만, 술을 못한다 것과는 전혀 관계없으니 편하게 참석하도록 하세요. 누구도 그걸 가지고 뭐라고 말할 사람은 없으니까요. 아셨죠?"

"……네에."

"제이미 고, 이 안경태만 꽉 믿으십시오. 만약 술을 권하는 사람이 있다면 제가 온몸으로 막아 드릴 테니까요."

"호호홋, 감사해요."

과도한 제스처를 해 대며 나대는 안경태의 말이었지만, 그 성의가 고마웠던지 고미옥이 손으로 입을 가리며 웃었다.

웃으면서 드러나는 자연스레 휘어지는 눈웃음이 매력적인 여성이었다.

'으이그, 어떻게 해서라도 솔로를 면해 보려고 애쓴다, 애써.'

내심은 그랬지만 도와주지는 못할망정 쪽박을 깨지는 말랬다고 담용도 추임새를 넣어 줬다.

"하하핫, 흑기사가 나타났으니 고 대리님은 앞으로도 든 든하시겠네요. 자, 그럼…… 팀원이 보충됐으니 제가 임의로 조를 짜도록 하겠습니다. 이에 불만은 갖지 마시기 바랍니다. 받아들이지도 않을 테니까요. 그럼 먼저 유 선생님."

"말하시게."

"저와 한조가 되셔서 좀 도와주셔야겠습니다."

"알겠네."

"다음은 1조 조원으로 한지원 대리, 안경태 대리, 고미옥 대리가 되겠습니다."

"으아! 한 대리님, 드디어 우리도 여직원이 생겼네요, 으 히히히……."

"그래, 천만다행이다. 네 몸에서 풍기는 시큼한 냄새를 희석시켜 줄 향긋한 여직원이 들어와서 말이다."

즐거운 기분을 단박에 뒤집어엎는 한지원의 말에 안경태

의 주둥이가 불툭 튀어나왔다.

"우쒸, 냄새는 한 대리님한테서 더 나거든요?"

"그거야 이제 심판관이 왔으니 두고 보면 알 일이지. 어쨌든 제이미 고, 환영합니다. 우리 잘해 봅시다."

"네, 잘 부탁드려요."

호들갑스러운 안경태의 환호성에 이어 두 사람의 묘한 신경전이 부담이 된 고미옥이 더 붉어진 얼굴을 감추듯 숙여 보였다.

"으히히히, 저야말로."

언제 '쫑코'를 먹었느냐는 듯 안경태가 특유의 활달함을 되찾더니 활짝 웃어 보이고는 얼른 말을 이었다.

"제이미 고, 한 대리님이 유부남인 거 아시죠?"

"……?"

'어라? 저, 저 녀석이…….'

안경태의 노골적인 말투에 담용이 분위기가 다운될 것을 우려해 재빨리 수습에 나섰다.

"자 자, 조용. 안 대리, 사담은 나중에 하도록. 에…… 다음은 2조 조원을 발표하겠습니다. 송동훈 대리, 설수연 대리, 장영국 대리가 되겠습니다. 이상. 제 의견에 질문이 있는 사람?"

스윽.

담용의 말이 끝나자마자 안경태가 손을 번쩍 들었다.

"안 대리, 뭐지?"

"조가 정해졌다면 조장을 뽑아야 되지 않나?"

"질문이 끝나면 그걸 말하려던 참이었다."

"아! 미, 미안."

"질문이 없다면 말이 나온 김에 조장을 선정하겠습니다. 1조 조장은 한지원 대리입니다. 참고로 한 대리는 조만간 과장으로 진급하게 될 것입니다. 진급 사유는 신갈 토지를 성공적으로 거래한 공로입니다."

"와아! 대박! 한 대리님, 축하드립니다."

"어! 야야, 아직 진급 전이야. 그리고 처음 듣는 소리이기도 해서 잘 모르겠다."

"에이, 팀장이 그런 걸 가지고 없는 말을 하겠어요? 그렇지, 팀장?"

"어, 그래. 내가 품신을 올렸으니까 곧 알게 될 거야. 그리고…… 2조 조장은 송동훈 대리. 송 대리 역시 과장으로 진급이 될 거야. 사유는 금산빌딩의 거래를 성사시킨 공로다."

"어머! 그거 결정 났어요?"

금산빌딩의 거래가 성사됐다는 담용의 말에 놀란 설수연이 송동훈에게 축하를 건네기도 전에 눈을 동그랗게 뜨고 물어 왔다.

"매수자 측에서 마사회와의 합의가 끝났다는 통보를 받았으니 결정이 났다고 보면 됩니다."

물론 마해천 회장이 추진하고 있는 영등포 화상 경마장 얘기다.

"어머나! 어머나! 그럼 용역비를 받을 수 있는 거예요?"

역시나 회계를 맡은 사람답게 돈부터 챙기려는 설수연이다.

"아마 50퍼센트 정도는 내일모레쯤 입금이 될 겁니다."

"그래도 확실을 기하기 위해서 연락을 해 보셔야 하는 것 아녜요?"

살짝 흥분이 됐는지 상기된 표정의 설수연이다.

왜 그렇지 않을까? 금산빌딩을 칠백이십억에 사서 팔백억에 팔았으니 팔십억이 남는다. 물론 복사골복지재단 자금으로 샀으니 일정 금액을 토해 낸다고 하더라도 최하 이십억 정도는 용역비로 떨어질 테니, 흥분이 좀처럼 가시질 않는 것이다.

지금도 가슴이 콩닥거리며 금방이라도 튀어나올 것처럼 아팠다.

"마 회장님은 틀림없으신 분이니 곧 연락을 해 올 겁니다."

"팀장님, 죄송한 말씀인데요. 혹시 어, 얼마의 금액이 우리한테……? 호호홋, 죄송해요."

"하하핫, 그게 뭐 어려운 질문이라고……. 팔십억에서 복지재단에 오십억을 주기로 했으니까 우리 수입은 당연히 삼십억이 되겠죠?"

"옴마나! 옴마나!"

"헉! 사, 삼십억!"

"그, 그게…… 저, 정말입니까?"

모두들 면역이 될 법도 하건만 물경 삼십억이란 거금이 수입이란 말에 눈이 튀어나올 정도로 놀랐다.

거기에 장영국과 고미옥조차도 난데없이 삼십억이란 거금이 입에서 입으로 회자되자, 휘둥그레진 눈으로 분위기를 파악하느라 팀원들의 눈치를 살피기에 여념이 없었다.

그럴 것이 인텔리들만 모아 놓은 FC팀이라고는 하지만 월급 외에는 빛 좋은 개살구였던 터라 표정이 어느 나라 얘기를 하고 있느냐는 눈치다.

자연 둘이서 의심스러운 눈길을 주고받을 수밖에.

"이거…… 단일 계약으로는 기록인 것 같은데……. 설 대리, 그렇지 않나?"

"호호홋, 왜 아니겠어? 안 대리 말대로 기록이야. 아마 회사에서도 여태껏 이런 기록적인 금액이 없었을걸."

"아마 그, 그럴걸."

"호호홋, 난 그런 신기록보다 자금이 두둑해진다는 것이 무엇보다 더 좋아."

"으히히히, 그건 그래. 그렇다면 각자 수익이 얼마야?"

"자자자, 그런 얘기는 나중에 하고……. 설 대리님."

"네, 팀장님."

"입금이 되는 대로 분배를 하되…… . 그 전에 유 선생님과 의논부터 해 주세요."

"호호호, 알았어요."

담용이 한 말의 뜻을 감지한 설수연이 눈을 곱게 흘기더니 그제야 송동훈에게 축하의 말을 건넸다.

"진급 축하해요."

"어, 고, 고마워요."

"젠장. 나보다 먼저 진급해서 불만이 없진 않지만…… . 축하한다."

"그래, 고맙다. 안 대리 너도 금방 진급할 거야."

"으음, 그건 어려울 것 같다."

"응? 무슨 말이야?"

"그게…… 아무래도 팀장에게 찍힌 것 같아서 말이다."

"푸헐, 내가 보기엔 직급이 전부 대리라 지휘 체계에 이상이 있을 것 같아서 진급시켜 준 것 같은데?"

"넌 금산빌딩 거래를 성사시킨 공로가 있잖아?"

"너 바보냐? 그걸 믿게?"

"응? 뭔 말이야?"

"짜샤, 생각을 해 봐라. 그게 어디 내 공로냐고? 너도 알다시피 난 물건을 가지고 온 것밖에 없잖아?"

계약에 관여한 일이라곤 심부름을 한 것밖에 없다는 얘

기다.

"그야……."

'어? 그러고 보니까 그러네.'

"바로 그거야. 팀장이 깔아 놓은 멍석에 춤을 춘 것밖에 없는 난데 진급 대상이라니, 말이 돼?"

"거……. 말이 안 되지."

듣고 보니 사실이 그랬다.

"거봐, 조장을 뽑기 위한 진급이라니까. 팀장이 내게 혹을 갖다 붙인 것뿐이라고. 그 덕분에 팀장은 편해지겠지."

"씨불, 난 혹이라도 괜찮은데……."

툭!

"야야, 안 대리, 너만 그러냐? 나도 있잖아?"

"야! 넌 여……. 아, 아니다. 아무튼 송동훈이 너……. 정식으로 진급하면 한턱내라."

"그쯤이야 언제든지 사 주지. 그나저나 유 선생님이 빠진 것 같은데……. 직급이 없어도 되나?"

"맞다. 그걸 물어봐야겠다."

"내가 물어볼게. 저…… 팀장님!"

"예, 설 대리님."

"유 선생님은 직급이 어떻게 되죠?"

"아, 유 선생님 역시 직위를 품신한 상태라 곧 지침이 내려올 겁니다. 아마도 부장급이 되지 않을까 싶습니다만, 우리 TF팀에서는 유 선생님 같은 경우 그분의 직급이야 어떻든 근무하실 동안은 고문 격이시니 그리 아시고 수시로 자문을 받으시면 됩니다. 물론 거기에는 업무뿐만 아니라 인생 상담도 포함이 됩니다. 특히 새로 영입된 두 분께서는 많은 도움을 받으시기 바랍니다. 부탁드릴 것은…… 어떤 경우에도 존중해 드려야 한다는 것만 잊지 마시기 바랍니다. 또 질문이 있으신 분?"

"저요."

"예, 설 대리님."

"호호홋. 오늘 저녁에 뭘로 쏠 건데요?"

"오원가든에서 한우로 쏘겠습니다."

"우와—!"

"으히히히…… 점심을 굶어야 할 이유가 확실해졌군그래."

"자 자, 이제 사설은 그만하고 업무 얘기로 넘어가도록 합시다. 모두 나눠 준 프린트 용지를 보시기 바랍니다."

담용의 말에 조금은 방만했던 분위기가 추슬러지면서 서류로 시선을 모으는 팀원들이다.

오전 일과를 그렇게 흘려보내고 있는 신생 TF팀이었다.

하루 업무를 끝내고 팀원들과 약속한 대로 오원가든을 향해 차를 몰고 있던 담용의 음성이 대뜸 커졌다.

"예? 파이낸싱 스타에서 엠마 빌딩을 매입하겠다는 제안이 들어왔다고요?"

─그러네만……. 자네 생각은 어떤가?

휴대폰의 주변기기인 스피커 장치에서 흘러나오는 목소리는 마해천 회장의 음성이었다.

"마 회장님, 그건 생각할 것도 없는 일이니 무시하십시오."

─그렇지?

"그럼요. 근데 얼마에 오퍼가 들어온 겁니까?"

─오백억일세.

"푸훗! 경우가 없는 사람들이군요. 천억에도 팔 생각이 없다고 하십시오."

담용은 사실 파이낸싱 스타라면 기억 저편에서의 예로 보아 절로 이가 갈려 더 심한 말도 해 줄 수 있었지만, 대화 상대가 그들의 폐해를 짐작도 못 하고 있는 마해천 회장이라 꾹 눌러 참았다.

그만큼 파이낸싱 스타에 억하심정이 많았던 담용이다.

물론 직접적으로 관련은 없었지만, 그들이 취한 행태가 매스컴에 이슈가 될 정도로 너무나 야비했던 것이다.

더불어 탈세를 위해서라면 서슴없이 페이퍼 컴퍼니를 만들어 미꾸라지처럼 빠져나가는 족속들이다 보니 해당 국가의 국민으로서 도저히 묵과하고 넘어갈 수가 없었다.

당시는, 아니 기억의 저편에서야 몰라서 당했다고 하지만 이제는 어림도 없다.

뭐, 전부 막을 수야 없겠지만 힘이 닿는 데까지는 애를 써 볼 생각이었다.

－알았네. 그건 그렇고 다음에 노리는 물건은 뭔가?

"테헤란로에 있는 HJ빌딩을 보고 있는 중입니다."

－그래? 규모는?

"지금 제 팀원들이 조사에 들어간 상황이니 결과가 나오는 대로 의논드리겠습니다."

－알았네. 그리고 말일세. 자네…….

"예?"

－아파트에도 관심이 있나?

"아파트요?"

－그러네.

"아파트라면 어떤 걸 말씀하시는 건지요?"

－뭐, 준공이 된 아파트는 아니고…….

"그런 경우야 어디 한두 군뎁니까? 요즘 지천으로 널린 게 짓다가 중단된 아파트 단진데……. 마 회장님께서 그런 사정을 모르실 리는 없으실 테니, 메리트가 있는 물건인가 보지요?"

－내 생각엔 그런데 자네가 보면 또 모르지.

"흠, 제가 지금 약속 장소로 가고 있는 중인데요. 내용을 대충이라도 들을 수 있겠습니까?"

—어렵지 않지. 먼저 위치부터 말하면……. 판교일세. 혹시 상승건설이라고 아는가?

'어? 상승이면……?'

너무도 잘 아는 건설 회사다. 아니 건설 회사보다는 부동산 회사를 더 잘 아는 편이다.

그러고 보니 떠오르는 것이 하나 있었다.

바로 지금이 브릿지 론이 필요해서 성치홍 대표 이하 모든 임원진이 돈을 구하러 사방팔방을 헤매고 다녔다는 그때다.

지금 이 시기에 적지 않은 자금이 구해질 리가 없지 않은가?

물론 자금을 구하는 것이야 어렵지 않다.

하지만 어떤 조건이냐가 관건이다.

IMF가 언제까지 지속될지 모르는 상황이라 누구든 돈을 쥐고만 있으려고 하지 투자를 하는 등 내놓기를 꺼려하는 추세다.

소위 1군이라고 분류된 건설 업체들까지 그런 영향을 받는 판국에 2군 업체인 상승건설이야 명함도 못 내밀 것이다.

말인즉 자금을 융통하기 어렵다는 얘기다.

그런데 담용의 기억에 떠오르는 것은 상승건설이 자금을

융통했었고, 그 자금을 제때에 변제하지 못해 판교에 공사 중인 아파트를 대물로 갚는 통에 건설업계에서 거의 10년 동안 고전을 했기 때문이다.

생각에 골몰하자 퍼뜩 떠오르는 것이 또 하나 있었다.

'맞다, 사채업자.'

그 당시 상승건설의 판교 아파트 건설 현장을 인수받은 사람이 놀랍게도 사채업자였다는 소식을 듣고 적지 않은 충격을 받았던 기억이 너무도 선명한 담용이다.

'이거…… 자세히 알아봐야겠구나.'

"아, 압니다. 부동산 회사를 하다가 건설업에 뛰어든 신생 기업이지요."

-잘 아는군. 정확히는 부동산 회사 외에 건설 회사를 하나 더 차린 것이지.

'그렇지. 그게 더 정확한 말이지.'

"혹시…… 자금이 모자라서 브릿지 론을 해 달라는 것 아니었습니까?"

-엉? 아, 알고 있었나?

"조금은요. 회장님은 어떻게 아셨습니까?"

-나야 성 대표가 직접 내게 와서 한 말이지만, 자넨 정말 정보가 빠르군.

"하하핫, 나름대로 정보통이 있거든요. 그렇지 않으면 이 바닥에서 살아남을 수가 없어서요."

—그렇다고 해도 이사회에서 결정이 난 지 반나절도 지나지 않은 사안인데…….

"그냥 비밀로 부쳐 두세요."

—그야…….

"그럼 직접 부탁을 받으신 겁니까?"

—자네도 알다시피 상승건설이 우리 회사 대각선에 위치하고 있지 않은가?

"그, 그렇죠."

—성 대표가 지금 상담실에 와 있다네.

"어? 성치홍 사장이 회장님께 와 있다고요?"

—그러네. 자금이 왕창 들어갈 일이 있을지도 몰라 잠시 나와서 자네에게 전화를 하는 거라네.

"흠, 시간 여유는요?"

—늦어도 7월 10일이면 하도급 업체들이 다 빠져나갈 것이라는구먼.

"뭔 자금 계획을 그따위로 세웠답니까?"

—말을 들어 보니 사정이 있더군. 자세한 얘기를 하기에는 적당치 않으니 나중에 하지. 어떻게 할까?

"거기에 대해서는 제가 좀 더 알아볼 테니 일단 핑계를 대서라도 미루십시오."

—흠, 알았네. 하면 언제 올 건가?

"내일 점심이나 같이하시지요."

-그러지. 이만 끊겠네.

"넵, 회장님!"

바인더북

동생들

일과 후, 담용의 집.

"자아, 오늘은 비뇨기 계통의 종결 채소라 불리는 아욱된 장국이에요오-!."

혜인이 펄펄 끓고 있는 뚝배기를 가져와 식탁에 놓으며 말끝에다 후렴을 길게 늘어뜨렸다.

원래부터 제법 구성진 목소리를 지닌 터라 분위기를 끌어올리는 데 그만이었다.

이에 기분이 고조된 담용.

"오호! 아욱국이라……. 그거 조오치!"

"호호홋, 큰오빠는 아욱이 어디에 얼마나 좋은지 아세요?"

"글쎄다. 비만이나 변비에 좋으려나?"

"어머나! 어떻게 그리 잘 아세요?"

'끙, 입에 물리도록 먹어 댔으니 잘 알 수밖에.'

아욱이란 채소가 비교적 싸다 보니 주야장천 끓여 먹을 수밖에 없었던 지난 삶이었기에 담용은 냄새를 맡는 것만으로도 절로 인상이 찌푸려지는 것 같았다.

하지만 전공이 조리과라고 정성껏 끓여 와 가족들에게 먹이려는 혜인의 성의를 무시할 수는 없는 일 아닌가.

"어? 맞어?"

"네, 얼마나 몸에 좋고 맛있었으면 옛날 사람들이 가을 아우국은 사립문도 닫고 먹는다고 했다네요."

"그런 속담도 있었어? 처음 듣네."

"히히히, 한식 담당 선생님께 들은 말이에요."

"호호호, 우리 혜인이 솜씨가 대단하네. 엄청 맛있다, 얘."

"정말?"

"그럼. 언니가 네게 거짓말해서 뭐 좋은 게 있다고 거짓말을 하겠니?"

"히히히, 그건 그러네."

"한식기능사 자격증은 땄어?"

"에이, 그건 2학년 때 땄는걸."

"아, 맞다! 다른 건 더 안 땄어?"

"히히, 제빵사 자격증까지 땄는걸."

"우와! 우리 혜인이 대단하네."

"왜 아니겠어? 프랑스 요리를 전문적으로 배우기 위해 양식요리 자격증을 준비 중이라구."

"어머머! 정말?"

"그러엄. 두고 보라고. 꼭 해낼 테니까."

"그래그래, 기대할게."

후릅!

"와, 맛있다. 오빠, 어서 먹어 봐요. 된장 맛이 제대로예요."

"그, 그래……. 응?"

수저로 막 아욱국을 뜨려던 담용이 맞은편에 앉은 담민이 진즉부터 게걸스럽게 먹어 대는 모습을 멀건이 쳐다보았다.

"아구아구……. 쩝쩝……."

밥상이 차려지자마자 사흘 열 끼를 굶은 사람처럼 걸신들린 듯이 먹어 대고 있지 않은가?

'저 녀석…….'

그러고 보니 제법 오랜만에 동생들과 같이 겸상해서 먹는 저녁 식사인 터라 담민의 게걸스럽게 먹는 모습이 조금 낯선 것 같은 기분이다.

아울러 떠오르는 것은 막내 담민이의 육상 훈련에 관한 궁금증이었다.

'훈련이 고된가?'

얼굴이고 팔이고 전신이 온통 새까맣다.

더불어 곧 전국시도대항육상대회가 있을 거라고 말했던 기억까지 떠올랐다.

'쯧, 녀석을 너무 등한시했구나.'

담용은 몇 가지 물어볼 말도 있고 해서 잠시나마 담민에게 관심을 가지기로 했다.

"담민아, 좀 천천히 먹어. 누가 쫓아오기라도 한대니?"

"헤헤헤, 버릇이 돼 놔서……."

"놔둬라. 저 때는 돌도 소화시키는 나인데 뭘."

"그래두……."

"담민아."

"예?"

"훈련이 고되니?"

"예, 조금……. 하지만 견딜 만해요."

"주 종목은 정해졌냐?"

"감독님이 800m로 시작하자고 해서……."

"800m?"

"예."

"1,500m는 안 해?"

"그게……. 육상을 시작한 지 얼마 안 돼서 아직은 지구력이 달려서 두 가지를 병행하기는 어려워요."

"그래?"

"단거리라면 100m, 200m 그리고 400m를 순차적으로 출전할 수 있지만, 중거리 이상은 엄청난 지구력이 필요하거든요."

"800m를 뛰고 그다음 날 1500m를 뛰는데도?"

"에이, 그게 아니고요. 전국시도대항시합에선 예선, 준결승, 결승을 다섯 시간 안에 진행해 버리니까 1500m까지는 힘들어요."

"엉? 그럼 800m만 연속해서 3번이나 뛰어야 한다는 거냐?"

"예, 그날 바로 순위가 결정이 되는 거죠."

"그, 그래?"

정말 그렇다면 한 종목만으로도 벅찬 경기가 될 것이다. 그것도 이제 중학생일 뿐인 어린 선수라면 더 그렇다.

"그렇게 되면 선수들이 제 기량을 발휘하기도 어렵고 기록 또한 저조할 텐데……."

"그렇기야 하지만……. 어차피 같은 조건이니 기록보다는 순위를 중요시해요."

"흠, 순위보다는 기록이 중요한데……."

"아무튼요. 이번 전국시도대항육상대회는 800m만 나가고 가을에 있을 추계중고육상대회는 4일간 열리니까 다소 여유가 있을 거라면서 그때 1,500m도 도전해 보자고 하셨어요."

"그렇구나. 담민이 너……. 키가 얼마지?"

"1m 76cm예요."

"몸무게는?"

"66kg요."

"흠, 잠시 일어서 볼래?"

"……?"

담용의 요구에 담민이 자리에서 일어나 엉거주춤 섰다.

담민을 한차례 훑어본 담용은 생각보다 훤칠해진 모습에 막내가 언제 이렇게 컸나 싶은 마음이었다.

물론 육상을 시작하기 전에도 비만 체질은 아니었지만 지금처럼 쭈욱 빠지지는 않았었다.

새삼스러운 눈빛으로 쳐다본 담민은 지난 삶보다 더 키가 커 보였고 신체도 더 튼튼해진 것 같았다.

'저만하면 육상 선수로서의 체격 조건은 괜찮을 듯싶은데…….'

우선 키가 큰 데다 하체가 길었다.

더욱이 반바지 아래로 드러난 종아리를 보자니 송곳으로 찔러도 튕겨 나올 정도로 탄력이 있어 보였고, 발목은 사슴의 발목처럼 가늘었다.

거기에 더해서 일전에 재 본 폐활량의 수치는 웬만한 수영 선수들보다도 나은 조건을 갖추고 있다.

고로 육상에 대해 잘 모르는 담용이 봐도 중거리 육상 선수로서의 체격 조건은 제대로 갖춘 것 같았다.

"됐다. 앉아라."

"예."

담민이 자리에 앉는 것을 본 담용은 금세 말을 이으려다가 멈칫했다.

'젠장, 막내의 기록도 모르고 있었군.'

이건 관심이 없다는 얘기나 진배없는 것이라 뭐라고 할 말이 없었다.

"크흐흠, 기, 기록은 어떠냐?"

"큰오빠, 그건 제가 얘기할게요. 제가 얘한테 신경을 많이 쓰고 있거든요."

"어? 그, 그래."

"히히히, 막내 기록은 1분 59초에서 왔다 갔다 해요."

"아! 미안한데……. 그거 잘 뛰는 거냐?"

"그럼요. 현재 중등부 최고 기록이 아직 2분대 벽도 못 깨뜨리고 있는걸요?"

"뭐? 그, 그럼 막내가 신기록을 가지고 있다는 말이 아니냐?"

"에이, 그건 학교에서 잰 기록인걸요."

"아참, 그렇지! 그래도 대단하네."

"호호홋, 어쩌면 우승할 수도 있는 기록이긴 해요."

"호오, 기대되네. 근데 한국 신기록은 얼마냐?"

"1994년에 이진일 선수가 세운 1분 44초 14예요. 그게 아시아 신기록이기도 하구요."

"아! 들어 본 것 같다. 그때 육상계에 난리가 났었던 기억이 있어."

"아무튼 담민이의 기록이야 그렇게 나왔지만, 불안하긴 해요."

"아니, 왜?"

"공부를 하다 보니 육상 중에서도 800m 경주가 그렇게 호락호락한 게 아니더라구요."

"엉? 그게 무슨 소리냐?"

"그게……. 남자 800m가 얼마나 험악하고 힘드냐 하는 건요. 딱 한마디로 표현할 수 있더라구요. 바로 육상의 격투기라고 불린다는 거예요."

"유, 육상의 격투기?"

"네, 이게요. 빠르게 달리는 것도 중요하지만 작전을 잘 짜야 한다는 거죠. 무슨 말이냐면…… 실격하지 않을 정도의 적당한 몸싸움도 필요하다는 것. 아! 접촉하지 않는 몸싸움요. 접촉하면 실격이걸랑요. 그리고 따라잡기가 워낙 비일비재하게 일어나는 종목이 800m이다 보니 선수들의 심리적 압박이 엄청나다는 거예요. 그래서 기록도 기록이지만 경쟁자들과의 심리 싸움이 변수로 작용하는 경기라고 해요."

"어머나! 혜인이가 많이도 연구했나 보네."

"에효, 언니도 참. 자칭 막내 매니저이자 영양사란 사람이 난데 이 정도는 기본이고 상식이라구. 좋아, 인심 썼다. 그래도 우리 막내의 든든한 후원자들인데 상식으로 알아 둘 필요가 있는 걸 몇 가지 알려 드리도록 하죠."

"호호홋, 그래. 나도 좀 알자구나. 뭐라도 좀 알아야 담민이 응원할 때 재미있지 않겠니?"

"히히히, 그건 맞는 말이야. 에또…… 800m 경기는 400m 트랙을 2바퀴 돌아야 한다는 건 잘 알 테고……. 켐, 시작은 서서 출발하는 스탠딩 스타트만 허용돼요. 그리고 출발선에서 120m까지는 선이 그어진 세퍼레이트 코스separate course로 달려야 하고 그 후부터는 오픈 코스open course로 전환해요. 오픈 코스부터가 진짜 싸움이에요. 모든 선수들이 호시탐탐 안쪽으로 파고들려 하고 상대의 힘을 빼느라 심리 싸움을 하는 것 역시 그때부터니까요. 그런 이유 때문에 기록이 좋으면서도 비슷한 기량을 가진 선수들을 많이 확보하고 있는 팀이 우승할 확률이 높죠. 뭐, 두 분은 이 정도만 아셔도 될 것 같네요, 히히히……."

"하하핫, 우리 혜인이가 정말 공부 많이 했네."

"히히히. 큰오빠, 담민이는 제가 맡을 테니까 뒤에서 후원금만 팍팍 밀어주면 돼요."

"하하핫, 그러마."

담용은 자신이 미처 챙기지 못하고 흘리는 부분을 혜인이 대신 챙겨 주니 새삼 마음이 든든한 기분이었다.

"그리고 담민아."

"예?"

"그동안 신경을 써 주지 못해서 미안하구나."

"헤헤헤, 괜찮아요. 큰형님이 바쁘신 거 다 아는데요 뭐."

"그래도 그렇지가 않지. 암튼 지난 건 지난 거고 앞으로는 좀 더 관심을 가지도록 하마."

"히히히, 예."

"녀석……. 그리고 혜인이는 담민이 시합 때 입장할 티켓을 식구 수대로 예매하도록 해라."

"에이, 육상이 비인기 종목이라 자리는 많으니 그럴 필요는 없어요."

"그래도 좋은 자리가 있을 것 아니냐? 아! 담수 것도 준비해 놔라."

"어머! 작은오빠가 그때 휴가 나와요?"

"그래, 백일 휴가가 대충 그쯤이지 싶구나."

"히히히, 알았어요."

"그리고…… 혜린이는 이따가 나랑 차나 한잔 하면서 얘기 좀 하고."

"네에."

"늦었다. 어서 먹어라."

"네에!"

"직장 생활이 이젠 좀 익숙해졌겠구나?"

"후훗. 네, 재미있어요."

"아직도 지방으로 다니는 건 여전하고?"

"아뇨. 처음에야 업무와 연관된 직원들과 익숙해지기 위해 자주 다녔지만 지금은 그렇게까지 하지 않아도 소통이 잘 돼서 가끔씩 방문해요."

"그래?"

"그럼요. 이게 다 오빠 덕분이라고 생각해요."

"엉? 그게 왜 내 덕분이냐? 네가 똑똑해서 그런 거지."

"호호호, 오빠도 참. 전 오빠가 생각하는 것보다 똑똑하지 않아요. 가끔 업무 실수도 하는걸요."

"그거야 초보 시절엔 누구나 겪는 일이니 당연한 거고. 완벽한 사람도 없지만 설사 있다고 해도 매력이 없더라. 그러니 넌 그러지 마라."

"호호홋, 오빠 동생이라고 점수가 후하네요."

"하하핫, 그야 당연한 것 아니냐?"

"그래요. 팔은 안으로 굽기 마련이니 이해해요. 아무튼 제가 직장에 열심일 수 있는 건 오빠 덕분인 게 맞아요."

"어째서냐?"

"오빠가 집안을 안정시켜 놓은 덕택에 제가 업무에 집중할 수 있었다는 게 이유지요."

"그건 이 오빠가 해야 할 당연한 의무 중에 하나이니 덕분이랄 것도 없는 일이다."

"그게 쉽지 않다는 것쯤은 알 수 있는 나이니까 이런 말을 하는 거라구요."

"하하핫. 뭐, 그랬다면 다행이고. 그래도 이 오빠의 도움이 필요하면 언제든 얘기하도록 해."

"후훗, 그럴게요."

스윽.

혜린이의 시선이 하늘로 향했다.

"와아! 오빠, 별이 참 많아요."

하늘을 올려다보던 혜린이 밤하늘에 별이 총총한 걸 보고는 탄성을 발했다.

혜린의 말대로 밤하늘이 그대로 눈에 들어오는 2층 발코니에서 올려다본 허공은 구름 한 점 없이 온통 빛나는 별들로 가득 차 있었다.

"그, 그렇구나."

같이 하늘을 올려다보던 담용은 원래 혜린에게 할 말이 있었던 터였다.

다름 아닌 남자 친구 관계다.

혜린에게 민감하다면 민감한 말이라 어떻게 말을 꺼낼까 고심하던 차라 적당한 구실이 필요했다.

뭐, 모든 걸 떠나 실로 오랜만에 여동생이랑 이런 호젓한 시간을 갖는 것도 좋지 싶었다.

"와아! 아쉽다. 별자리라도 알고 있었으면 찾아볼 텐데……."

'응? 별자리?'

연방 탄성을 멈추지 않고 있는 혜린의 모습에 담용은 언뜻 생각나는 것이 있었는지 얼른 별자리에 관한 기억을 더듬어 보았다.

가장 먼저 떠오른 것은 처녀자리였다.

'그래, 처녀자리가…….'

대학에 진학하지 못한 담용의 학구열은 자못 대단해서 탐구를 하기보다는 다방면의 잡다한 지식들을 습득하는 것으로 섭섭함을 달랬던 터라 박학다식하다 할 수 있었다.

차츰 기억이 새록새록 난 담용의 몸이 한 바퀴 빙 돌았다.

'다행히 유월에 볼 수 있는 별자리가 제법 있지.'

하지만 무수한 별들 중 처녀자리가 금세 찾아지는 건 아니어서 한참이나 헷갈리며 헤매야 했다.

그러다가 문득 생각난 것이 바로 목성이었다.

'아아. 그래, 목성!'

태양계에서 제일 크다고 알려진 목성을 찾는 건 그리 어렵지 않았다.

목성이 남서쪽 하늘에 위치해 있음을 기억한 담용의 시선이 그쪽으로 향했다.

이어지는 기억은 목성의 오른쪽에 처녀자리가 위치해 있음을 알려 주었다.

더불어서 사자자리, 까마귀자리, 컵자리, 뱀자리 등이 줄줄이 떠오르면서 퍼즐을 맞춰 가듯 하나씩 꿰맞추느라 한동안 정신이 없었다.

잠시 후, 대충이나마 각각의 별자리를 확인한 담용이 입을 열었다.

마침 혜린이 별자리를 모르는 아쉬움을 토로하고 있으니 때도 알맞았다.

"동양인이 서양에서 시작된 별자리를 상식으로 알고 있는 건 쉽지가 않은 일이지."

"그렇지만 친구들 중에는 별자리에 관심이 많은 애들이 더러 있더라구요."

"그렇긴 하지. 저쪽에······."

담용이 손을 들어 목성을 가리키며 말을 이었다.

"목성이 보이니?"

"유난히 반짝이는 별 말이에요?"

"그래."

"아, 저게 목성이구나."

"그 옆을 봐 봐."

"······?"

"치마를 입은 처녀가 누워 있는 모습을 상상하며 선을 이어 봐."

"어머! 처녀가 누워 있는 모습이라면 처녀자리예요?"

"그렇지. 그걸 연상하면서 오른쪽으로 쭈욱 와서 다이아몬드처럼 생긴 머리를 그려 보면 목이 있는 부분이 한 점으로 변해. 어때? 보여?"

"잠시만요. 그러니까……."

혜린이 손가락으로 열심히 그려 보다가 어느 순간 퍼즐을 맞췄는지 환호성을 질렀다.

"어머! 찾았어요!"

"하하핫, 그럼 윗부분으로 쭉 뻗어서 이어 봐."

"뻐, 뻗었어요."

"그게 가슴이야. 거기서 또 뻗어 볼래?"

"뻗었어요."

"그게 바로 팔이란다."

"팔이…… 하나밖에 없어요?"

"응, 다리도 하난걸. 그러니까 앞으로 나란히 하고 있는 자세라고 보면 돼. 이제 가슴 부분에서 좌측으로 비스듬히 올려서 이어 봐."

"이, 이었어요."

"거기서 직선으로 내려서 그어."

"약간 비스듬한데요?"

"그래, 그 지점에서 또 좌측으로 쭉 그어 봐."

"그었어요."

"그게 바로 다리야."

"아아……."

"이제 앞쪽이 완성됐으니 나머지 뒤쪽은 쉬워. 한번 해 봐."

"네."

대답을 한 혜린이 손가락으로 그려 보는지 연방 움직여 보더니 곧 소리를 질렀다.

"어머나! 오, 오빠! 맞췄어요."

"그래? 그럼 엉덩이 부분이 삐죽 튀어나온 것도 알겠구나?"

"맞아요. 허리 부분에서 튀어나왔어요."

"그렇게 이었다면 맞다. 하하핫, 그게 처녀자리란다."

"아하!"

"하하핫, 처녀자리를 비롯한 각종 별자리에는 그 유래가 있단다. 그걸 모르고는 별자리에 대해 안다고 할 수 없어."

"재미있겠네요. 가르쳐 주세요."

"그럴까? 흠, 서양에서는 12궁도의 별자리를 보고 그 달에 태어난 사람을 사자자리니 뱀자리니 하면서 별점을 보지. 마치 동양에서 12간지로 닭띠니 토끼띠니 하면서 점을 보듯이 말이다."

"그건 저도 얼핏 들어 본 것 같아요."

"처녀자리가 생긴 유래는 그리스신화에서 찾을 수 있지. 거기서 신들의 왕이 누군지는 알지?"

"네, 제우스잖아요."

"그래, 그 제우스의 형이 누구냐면 지하 세계를 다스리는 하데스야."

"아, 그건 몰랐어요."

"그리스 신화의 내용을 모른다면 당연하지. 뭐, 그리 중요한 내용도 아니니 괜찮아. 아무튼 어느 날 하데스가 땅 위로 산책을 나왔다가 마침 그곳에 나와 있던 토지의 여신 데메테르의 딸인 페르세포네를 발견하고는 눈에 확 띄는 미모에 한눈에 반해 버렸지 않았겠냐?"

"……?"

"페르세포네의 아름다움에 정신이 나간 하데스는 앞뒤를 생각할 겨를도 없이 그녀를 납치해 땅속으로 꺼져 버렸지."

"그, 그래서요?"

"지하 세계로 내려간 하데스는 페르세포네의 애원에도 불구하고 강제로 그녀를 아내로 삼아 버리고 말았어."

"저런!"

"졸지에 지하 세계의 왕비가 되어 버린 페르세포네는 언제나 밝은 땅 위의 세계를 그리워하며 항상 깊은 슬픔에 빠져 살았어."

"왜 안 그렇겠어요?"

"땅 위에서는 토지의 여신인 데메테르가 딸을 잃은 슬픔에 빠지자 땅이 메말라 터지는 가뭄이 들어 곡식이 전혀 자라지 않게 되어 버렸지."

"······?"

"이에 더 이상 땅이 황폐화되어 가는 것을 보다 못한 신들의 제왕, 즉 제우스가 나서서 자신의 형인 하데스와 데메테르를 화해시키기로 했지. 화해 방법은 페르세포네를 하데스의 아내로 인정하되 1년의 절반 동안만 지하 세계에 머무르게 하고 나머지 절반은 지상에서 지내게 하는 거였지."

"잘된 건가요?"

"하하하, 글쎄다. 더 들어 보고 판단해 보렴."

"호호홋, 제가 성급했네요. 어서 마저 해 주세요."

"그래. 아무튼 별자리 중에 처녀자리란 지하에 있던 페르세포네가 봄이 되어 동쪽으로 올라온 별자리여서 그때부터 농사가 가능했다고 해. 그 반면에 겨울에는 페르세포네가 지하에 살고 있는 관계로 토지의 여신인 데메테르가 딸을 그리워하며 슬픔에 빠져 있기 때문에 추위가 닥쳐오고 풀이 돋아나지 않게 되었다고 해."

"푸후홋, 그럴듯한 얘기네요."

"뭐, 신화니까 그럴듯해야 하지 않겠냐?"

"후후홋, 그러게요."

"이왕 처녀자리란 말이 나와서 그러는데, 한 가지 물어 보자."

"네? 뭐, 뭔데요?"

"혜린이 너…… 남자 친구 생겼지?"

"……!"

"뭘 그리 눈을 동그랗게 뜨고 쳐다보냐?"

"그걸…… 어, 어떻게 알았어요?"

"네가 달리 내 동생이겠니? 척 보면 그런 눈치 정도야 모를까?"

"헤…… 티가 났어요?"

'젠장 할 보나 마나 최영호 그 자식일 테지.'

그래도 확인이 필요했다.

"성이 뭐지?"

"누구? 남자 친구요?"

"그래."

"최가예요. 옥천 육씨와는 전혀 관계없는 성이죠."

'쯧, 역시나로군.'

"너…… 나와 한 약속을 잊은 건 아니겠지?"

"제게 남자 친구가 생기면 먼저 말해 달라는 거요?"

"잊지는 않았구나."

"그럼요. 잊을 리가 없죠. 하지만 매번 생길 때마다 그럴 수야 없잖아요? 조금 사귀어 보고 괜찮다 싶을 때 소개하려고 했죠."

"말이야 틀리지 않다만 그러다가 정들면 어쩌려고 그래?"

"에이, 설마요? 둘 다 이리저리 재 보고 사귀는걸요."

'퍽이나 그러겠다.'

기억 저편에서의 상황은 둘 다 사족을 못 쓸 정도로 좋아해서, 아니 최영호가 너무도 적극적이라 어쩔 수 없이 약혼부터 시켰던 것이다.

뭐, 남자 측에서는 약혼 기간 동안 둘을 떼어 놓을 작정으로 임시방편인 '땜빵'을 한 것일 뿐이다.

물론 담용도 나중에야 안 사실이다.

당시야 끌려갈 수밖에 없었던 처지이다 보니 목소리 한번 내지 못했지만 지금은 다르다.

돈?

따지고 들면 어느 누구 못지않게 가지고 있다.

학력?

대졸에다 대기업 사원이면 괜찮지 않은가?

배경?

마음만 먹으면 이 나라 대통령도 동원할 수 있는 능력이 있다.

그렇게까지 할 생각이 없어서 그렇지.

가족?

앞이 구만리 같은 청춘들만큼 큰 비전이 또 있을까?

고로 남부러울 것이 없는 지금이다.

즉 혜린이 꿀릴 게 하나도 없다는 말이다.

하지만…….

'하아, 이걸 어떻게 해야 하나?'

미래가 빤히 보이는 터라 가슴이 답답해 왔다.

그렇다고 우리도 너희만큼 부자라는 걸 보여 준 후 둘이서 원만한 결혼 생활을 할 수 있도록 해 주는 것도 어렵다. 이유는 상대 부모의 마음 씀씀이가 지나치게 한쪽으로만 왜곡되어 있음을 알기 때문이다.

금전 만능주의.

혜린의 행복을 원한다면 도저히 그럴 수가 없다.

부동산 졸부가 되면서부터 상식을 밥 말아 먹은 집안에 뭘 더 바랄 수 있을까?

'끄응.'

"걱정……돼요?"

앓는 신음이 들리기라도 했는지 혜린이 슬쩍 눈치를 본다.

'후우. 짜샤, 네가 내 입장이라면 걱정이 안 되겠냐?'

그러나 속마음일 뿐이다.

"난 분명히 말했다. 너희 둘만 좋아한다고 해서 이루어질 수 있는 결혼이 아니라는 걸 말이다."

"알아요. 그래서 조금 더 시일이 지나면 소개해 주려고 했어요."

"그때 가서 내가 싫다고 하면?"

"어쩔 수 없죠. 제겐 그 어떤 누구보다도 오빠가 더 소중하니까요."

'말은 고마운데⋯⋯.'

조금 모질게 대한 건 아닌가 싶었지만 담용은 그대로 밀고 나가기로 했다.

"고맙구나. 이 오빠의 마음은 오로지 네 행복만을 바랄 뿐이란 걸 알지?"

"그럼요."

"그럼 됐다. 시간도 늦었으니 이제 가서 자도록 해라."

"오빠는요?"

"난 조금 더 있다가 내려가련다."

"그럴래요?"

"잘 자라."

"오빠도 좋은 꿈꾸고요. 내일 봐요."

"아참! 내일은 정인 씨네 집을 방문하기로 했으니까 좀 늦을 거다."

"어머나! 정식으로 방문하는 거예요?"

"응."

"호호홋, 선물이나 준비했는지 모르겠네."

"하하하, 벌써 해 놨지."

"뭔데요?"

"참치."

"차, 참치요?"

"그래, 식구들이 전부 참치를 좋아하더구나."

"부서 회식 때 한번 가 봤는데, 그거 꽤 비싸던데……."

"이럴 때 쓰자고 모은 돈인데 뭘 아끼겠냐?"

"하긴 그러네요. 이왕이면 동생들도 먹이게 좀 사 가지고 오세요."

"안 그래도 그렇게 주문해 놨다."

"호호홋, 참치회를 먹게 생겼네. 특히 먹보인 담민이가 제일 좋아하겠네요. 이왕 사 오는 거라면 많이 사 오세요."

"알았다."

"헤헤, 안녕……."

"짜식……."

싱긋 웃어 보인 담용이 손을 흔들어 주고 자신의 방으로 들어가는 혜린을 일별하고는 다시 밤하늘을 올려다볼 때다.

디리리. 디리리리…….

주머니에 넣어 두었던 휴대폰에서 유난히 큰 진동이 울려 나왔다.

'이 늦은 시간에 누구지?'

얼른 꺼내 본 액정에는 민혜영이라고 찍혀 있었다.

'혜영 씨가 어쩐 일이지?'

"혜영 씨, 육담용입니다. 잘 계셨죠?"

-호호호, 늦은 시간에 전화해서 어떨까 걱정했는데 씩씩한 목소리를 들으니까네 걱정이 싹 가시네예.

"아직 잘 시간이 아닌걸요. 부모님은 건강하신지요?"

-네, 두 분 모두 잘 지내예. 모두 담용 씨 덕분이라예.

"이제 그런 말은 하지 마세요. 언제 적 얘긴데……."

-그래도 그기 아이지예. 은혜를 모르몬 그기 사람입니꺼? 짐승이지예.

"아무튼요. 근데 어쩐 일로 전화를 다 주셨습니까?"

-아! 설리번 씨가 7월 7일 오전에 영암 현장에서 보자고 하시네예.

"어? 그래요? 무슨 그럴 만한 이유라도……?"

-아휴! 해운대하고 다대포에다가예. 고마 생선회하고 살림을 차렸다 아잉교?

"예? 아…… 하하하하……."

-그지예? 좀 웃기지예.

"설리번 씨가 생선회의 매력에 푹 빠졌나 보네요."

-맞십니더. 생선회를 하루도 안 빼놓고 묵는다 아입니꺼?

"그거라도 입맛에 맞는 것이 있다는 게 다행이네요."

-호호홋, 지도 그렇게 생각합니더. 그래서 음식 비우 맞추기가 좀 편하다 아입니꺼?

"그거 말 되네요. 아무튼 잘 알겠다고 전해 주세요."

-그라께예.

"미첼 씨와 매튜 씨도 잘 계시죠?"

－하모예. 시방도 셋이서 짝짜꿍이 돼가 횟감을 찾아다니느라 바쁘다 아입니꺼? 그 땜에 지가 대신 전화하는 기라예.

"하하핫, 안부 전해 주시고요. 영암에서 보자고도 전해 주세요."

－네. 너무 늦었는데 인자 들어가이소.

"예, 다음에 봬요."

탁!

'후후훗, 생선회에 빠지면 당분간은 아무것도 눈에 안 들어오긴 하지.'

언제든 먹을 수 있는 요리라면 모를까 설리번 같은 외국인은 귀국하게 되면 별로 기회가 없을 것이다.

있다고 해 봐야 일본 횟집에나 가야 맛볼 수 있을 것이다.

그런데 비싸기만 한 데다 양은 또 엄청 적게 나오는 것이 일식집이다.

한국에서처럼 푸짐하게 먹기에는 애초에 틀린 것이다.

오죽하면 D건설의 회장인 김 모 씨가 일본 도쿄에서 광어한 마리를 통째로 횟감으로 내놓은 일이 화젯거리가 됐을까.

우리나라에서는 흔히 있는 일임에도 말이다.

"아차차! 7월 7일이라고?"

뒤늦게야 생각난 것이 있었는지 담용이 부랴부랴 아래층으로 내려가더니 자기 방으로 들어갔다.

"이런! 그분의 목숨이 달린 일이 있는 달인데 무턱대고 약속을 해 버리다니……."

재빨리 서랍부터 연 담용이 얼른 바인더북을 꺼냈다.

파락. 파라락.

책장이 넘어가고 잠시 후, 2000년 7월이 시작되는 페이지가 펼쳐졌다.

계속해서 낱장을 넘기던 담용이 7월 7일이라 적힌 페이지에서 다행스럽게도 연관이 없다는 것을 알고는 다음 장을 넘겼다.

"없네. 며칠이지?"

파락. 파락. 파락.

연이어 페이지를 넘기던 담용이 한순간 딱 멈췄다.

"여기다."

7월 11일 초복. 13시 30분경.

역삼동 개나리아파트 부근의 인도에 쓰러진 중년 신사를 업고 세브란스병원으로 가서 입원을 시키고는 때아닌 임시 보호자가 됐다.

중년 신사는 급하게 응급조치가 취해진 후 수술실로 직행했다.

마이어카디얼? 마여카덜?

의사들이 수군대며 떠드는 말이었다.

아마도 중년 신사의 병명이겠지만 무슨 병인지는 모르겠다.

간호사가 신분을 밝히기 위해 뒤진 지갑에 명함이 있었다.

㈜○○공사

사장 최☆☆

수술실로 들어가는 것을 보고 명함에 적힌 대로 전화를 한 후 20분
뒤에야 직원들이 도착했다.

임시 보호자의 자격을 인계해 주고 나왔다.

다른 내용이 없는 페이지는 그게 전부였다.

파락!

급히 다음 장을 넘겼다.

7월 12일.

회사에 출근한 후 10시쯤에 세브란스병원으로 전화를 걸어 보
았다.

소리 없이 찾아오는 죽음의 병인 심장병이라는 걸 알고 난 후였다.

중년 신사였던 최○○ 씨가 결국 어제 오후 3시경 수술 도중에 사
망했다는 대답을 들었다.

그 충격에 근래에 들어 술을 가장 많이 마셨다.

술을 마실 수밖에 없었다.

이유는 자책감이 들어서였다.

내가 심장병에 대한 상식을 조금이라도 가지고 있었더라면 하는
자책감.

중년 신사는 죽지 않아도 될 목숨이었던 것이다.

나의 무지가 사람을 죽인 결과라 무척이나 속이 상한다.

그리고 그분에게 꼭 죄를 지은 기분이다.

역삼동 토지 : 약 1,400평 답사.

낡은 단층 건물 6채.

가격 : 2,500만 원/py

'그래, 역삼동 부지를 보고 오다가 발견했었지.'

옆을 지나는 행인들은 술에 취해 쓰러진 것으로만 알고 그냥 지나치고 있었다.

담용이 발견했을 때의 중년 신사는 가슴을 쥐어뜯다가 정신을 잃은 뒤였던 것이다.

'무심한 사람들 같으니……. 아! 아직은 아닌가?'

어쨌든 아직 일어나지 않은 일이라 충분히 막을 수 있을 것 같았다.

세금 폭탄을 맞아도 좋다

㈜거산실업 마해천 회장의 집무실.

점심식사를 하고 난 후, 마해천 회장의 집무실에 모여 티타임을 즐기고 있는 센추리 홀딩스의 핵심 멤버들.

포만감의 여유였던지 진득한 자세로 커피를 한 모금 마신 주경연 회장이 지나가는 말투로 입을 열었다.

"마 회장, 얼마에 팔라고 연락이 왔다고?"

"천억."

"엉? 처, 천억!"

지나가는 말투가 역린을 건드린 격이 됐는지 정신이 번쩍 드는 듯한 표정이다.

"응."

"저, 정말인가?"

"금세 들통이 날 걸 가지고 거짓말할 이유라도 있나?"

"마, 맙소사! 아무리 돈 놓고 돈 먹는 장사라지만……."

"마, 맞아요. 도박으로 돈을 따더라도 이 정도 수익은 아니지요."

아무렇지도 않은 듯 대답하는 마해천 회장의 심드렁한 말투에 주경연 회장과 고상도 회장의 얼굴에 믿기지 않는다는 표정이 역력하게 드러났다.

이어서 두 사람의 시선이 일제히 담용에게로 쏠렸다.

뭔가 속 시원히 말해 주기를 바라는 눈치다.

언제부턴가 그럴 만한 역량이 담용에게만 있다는 것을 알고 있는 세 사람이라 결정권을 부여한 상태였다.

"파이낸싱 스타는 마 회장님께서 전적으로 상대하신 터라 그간의 사정에 대해서는 잘 알지 못합니다. 단지 말씀드릴 수 있는 건 처음 500억을 제의한 이후 이틀도 지나지 않아서 일이백 억도 아니고 무려 그 두 배인 천억을 제시했다는 데 주목을 할 필요가 있다는 겁니다."

"흠, 맞아. 나 역시 그들이 낙찰 가격의 세 배에 가까운 가격에 매입하는 데는 그럴 만한 이유가 있다고 여겨지는군. 담용 군 생각은 어떤가?"

"주 회장님께서 지적을 잘해 주셨네요. 저 역시도 그 점이 의문스럽긴 마찬가집니다."

"하면 짐작 가는 것이라도 있나?"

"어제 마 회장님께 저쪽의 제시 금액을 듣고 곰곰이 생각을 해 봤습니다."

"했더니?"

"천억이란 금액이 나온 배경에는, 아마도 장기 펀드 회사와 연관이 있지 않나 싶더군요."

"어? 난 파이낸싱 스타가 모건스탠리나 골드만삭스 같은 회사처럼 단기 펀드 회사인 걸로 알고 있는데, 아니었나?"

"고 아우, 담용 군의 말은 파이낸싱 스타가 장기 펀드 회사와 연관이 있을 것이란 뜻이네."

"어? 그, 그런 뜻이었어요?"

"하하하, 죄송합니다. 고 회장님께서는 제가 두루뭉술하게 얘기해서 곡해를 하신 것 같네요."

"아, 아니네. 내가 더 미안하지. 귀금속만 알았지 이런 계통은 잘 몰라서……. 하하핫. 그래, 계속해 보게."

"예. 이건 제 생각인데요. 아마 파이낸싱 스타가 엠마타워를 낙찰받을 것이라 확신한 나머지 장기 펀드 회사 중 한 회사와 미리 모종의 약속을 하지 않았나 여겨집니다."

실제로 있었던 일이라 틀림없을 것이다.

상대가 GIC, 즉 싱가폴 투자청이었던 것도 안다.

"오호! 그, 그럴 수도 있겠군. 가능한 얘기야."

"맞아. 단기 펀드 회사라면 치고 빠져야 하니 매입자를 미리 확보해 놓고 움직여야 정상이겠지.”

마해천 회장의 말에 이어 주경연 회장 역시 공감이 가는지 고개를 끄덕여 보였다.

'후후훗, 사실이 그렇거든요.'

이미 지난 삶에서 그 수순을 알고 있는 터라 고속도로처럼 시야에 확 들어오는 내용들이다.

그랬기에 역삼동에 위치한 HJ빌딩도 선점을 해 버려 항차 파이낸싱 스타가 미치게 될 국내 경제의 악영향을 사전에 막아 버리려는 것이다.

물론 그것이 경제의 끝자락도 미치지 못하는 극히 일부분이라고 하더라도 담용의 입장으로서는 최선을 다하는 일이다.

그것이면 더 이상 바랄 것 없는 대만족이었다.

“담용 군, 그런데 말이야. 아무리 단기 펀드 회사라도 일정 기간 동안 보유한 이후에 매각해야 하는 것 아닌가? 그게 아니라면 양도소득세법이 외투사들에게만 적용되지 않는 건가?”

외투사들을 끌어들일 때 혹시라도 정부에서 그런 면세특권 같은 당근책을 제시했는지를 묻는 것이다.

당연히 그런 조항은 없다.

국가 부도 사태를 벗어나고자 몸부림을 치고 있는 판국에 그런 혜택까지 주게 되면 쫄딱 망하라는 소리밖에 안 되니 당연하다.

"그건 아닙니다. 그들도 국내법이 적용되는 대상이니 당연히 세금을 내야지요."

"그런데 왜……?"

"아! 여기서 장기 펀드 회사에 대한 부가적인 설명이 좀 필요하겠네요. 그러려면 먼저 우리가 통상적으로 아는 건물 임대 수익부터 이해할 필요가 있습니다. 통상적인 관념상 건물 임대 수익이 은행 금리보다 높아야 투자 가치가 있다는 건 누구나 다 아는 얘깁니다만, 우리나라에서는 임대 수익률을, 보통 연 수익을 7에서 10퍼센트 사이로 보지만 외투사들은 그렇지가 않다는 점이 그 차이입니다."

"하면 더 싼가?"

"그렇습니다. 그것도 훨씬 쌉니다. 단기 펀드 회사들이야 최대한의 임대 수익률을 고집하지만, 장기 펀드 회사들은 연 수익률이 3퍼센트대로 오를 가치가 있고 또 그 선을 유지할 수만 있다면 투자한다는 것이 불문율로 되어 있습니다."

실제로도 지난 삶에서 실행됐던 일이었다.

외투사들은 국내에 만연해 있는 연 7퍼센트 이상의 임대 수익률이 그만큼 메리트가 있는 상품이었던 것이다.

해서 보유 기간은 단기 펀드 회사가 평균 2, 3년 정도였고, 장기 펀드 회사가 짧으면 5년에서 길면 7년 정도였다.

그 이후는 수익이 더 나은 오피스 빌딩으로 갈아타거나 아니면 낡은 오피스 빌딩을 헐값에 사들여 리모델링한 후 비싼 임대료를 책정해 수익을 창출했던 것이다.

기실 7퍼센트대 이상의 임대 수익률은 미국 같은 선진국에서는 있을 수 없는 일이라 노다지나 다름없는 화수분으로 여긴다.

고로 외투사들의 투자는 당연하다 하겠다.

"헐! 그렇게 해서 투자 대비 수익을 창출할 수 있을까?"

"충분합니다. 그 근거로 세 가지를 들어 보지요. 첫째는 우리나라의 오피스 빌딩 수익률이 7퍼센트 내외인 것을 감안하면 외투사나 여타의 외국 자본가들에게 매력적인 투자처가 될 수 있다는 것이고요. 둘째는 외투사들이 자신들의 투자자들에게 약속한 수익률이 3퍼센트 이하라는 것입니다. 즉 투자를 해 놓고도 매각할 때까지 별도의 수익이 없이 유지만 해도 된다는 뜻입니다."

"맞아, 은행 금리가 제로를 겨우 면한 수준이니 그들로서는 가능한 일이지. 그렇지만 수익이 전혀 없으면 곤란할 텐데……."

"그렇지요. 그 이유가 바로 세 번째입니다. 3퍼센트의 수익률은 유지하는 선이고 결정적인 것은 오피스 빌딩을 매각했을 때의 수익입니다. 매입했을 때보다 물경 세 배 이상의 차액을 가져가니까요."

"헐―!"

"허어, 대단하군."

"하! 시쳇말로 하면 돈 놓고 돈 먹기일세그려."

담용의 설명에 비로소 외투사들의 실체를 실감한 세 사람의 입에서 각기 다른 탄성이 쏟아졌지만, 드러내고자 하는 의미는 같았다.

외투사들이 매각 금액을 올리기 위해 임대 수익률을 최대한으로 올린다는 의미가 아니고 뭔가?

"겉으로 드러난 금액만 그렇지 고가의 임대 수익까지 포함한다면 그 이상의 수익을 올리고 있다고 봐야 합니다."

이 역시 결국은 국내의 기업들이 내는 돈으로 잔치를 하는 것이라고 보면 된다.

비싼 임대료를 지불해 부를 불려 주고도 모자라 건물 가격까지 올려 주는 사태가 벌어지는 것이다.

장기 펀드 회사는 약간의 목돈만 투자해 멍석만 깔아 준 꼴이다.

이것이 바로 단기 펀드 회사와는 다른 장기 펀드 회사의 특징이라 할 수 있었다.

모두 국내에 달러가 없어 외투사들이 부동산 시장을 자기들 마음대로 유린한다고 보면 딱 맞는 말이다.

여기에 편승하고 있는 자들이 또 이 나라를 짊어지고 있다고 자부하고 있는 부류들이니 참으로 통탄할 노릇이 아닌가?

"실로 놀랍군. 하면 세금은 어떤가? 제대로 내기는 하나?"

"글쎄요. 거기까지는 저 역시도 복마전일 수밖에 없는 외투사들의 사정을 깊이 알지 못해 잘 모릅니다."

"그래?"

"예."

그럴 수밖에 없다.

외투사들 자체가 금융기관이다 보니 내부 거래를 할 마음만 있다면 여반장이나 마찬가지일 것이다.

또한 그들 자체가 매각과 매입의 주체들이다 보니 끼리끼리 주고받는다면 국세청에서도 파악할 길이 없다.

아직은 광역 시스템이 구축되어 있지 않은 것도 문제이긴 했지만 외투사들이 코리아의 내부 사정을 너무도 환하게 꿰고 있어 마음만 먹으면 탈세는 일도 아니다.

이들이 이런 마인드를 가진 데는 다분한 이유가 있다.

기실 부끄러운 얘기지만 이들은 대한민국을 가리켜 사고 공화국이니, 부패 공화국이니, 가진 자의 천국이니 하는 말을 해 대는 부류들 중 하나다.

이는 우리나라가 세계에서 '부패청렴지수'가 48위에 해당해 부패 공화국으로 낙인찍힌 데서 비롯됐다고 해도 과언은 아닐 것이다.

부패가 척결이 되기 위해서는 윗물이 맑아야 하는데, 불행히도 대한민국은 그렇지가 못했다.

'쯧, 실상 이 정부도 말년에는 부패에 찌들어 정국을 시끄럽게 했었지.'

정치인들의 생각이 떡고물은 생기는 족족 먹고 보자인 데다 뒤처리는 뒷전이었다.

거기에 정부, 검찰, 경찰 할 것 없이 총체적으로 비리에 연루가 됐으니 말 다 했지 않은가?

깃털과 몸통의 정체를 모르는 총체적인 부패 난국이 되어 버리는 모습이 이 정권의 말년이었다.

이런 판국이니 외투사들이 줄을 대고 엮으려는 정치인들이 한둘일까?

그렇게 보면 48위도 좋은 성적일지도 모른다.

'에효효효……'

미래가 암흑이다 보니 가슴이 절로 갑갑해져 왔다.

말릴 수만 있다면 말리고 싶다.

그러나 불가항력임을 담용 자신이 더 잘 안다.

아! 참고로 싱가포르는 부패청렴지수가 1위인 국가라는 점을 말해 주고 싶다.

그래서 IMF라는 이상한 나라의 용어는 아예 모르고 산다.

우리 역시 위정자들이 깔끔했다면 IMF란 용어를 싱가포르 사람들처럼 외계에서만 사용하는 용어로 치부했을지도 모른다.

'흥! 명백히 100퍼센트 탈세지.'

담용은 솔직히 외투사들의 탈세를 기정사실로 보고 있었다.

그 이유는 2006년 이후에야 비로소 외투사들의 탈세가 불거져 나오기 시작했다는 것으로도 증명이 된다.

그 시일 동안은 죄다 탈세를 했다는 얘기다.

물론 명목이 빤한 소소한 세금들이야 냈겠지만 서로 사고파는 과정에서 다운 계약서가 판을 쳤음은 미루어 짐작할 수 있는 일이지 않은가?

하지만 당장은 알아낼 방도가 없다.

"IMF 구제 금융하에 있는 나라는 달러를 벌어들이는 데 혈안이 되어 있는 관계로 여기저기 세법상의 구멍이 숭숭 나 있을 겁니다. 이들은 그걸 교묘하게 이용해 탈세하는 법을 잘 아는 전문가들이라고 보면 됩니다. 특히나 그들끼리 사고파는 과정을 들여다볼 수 없음에야 빤한 일이지요."

"큼, 탈세로 벌어들이는 이윤이 적지 않겠군."

"그렇다고 봐야지요."

"외투사들이 우리나라와 같이 IMF를 당해 정신없는 국가만 찾아다니는 이유가 바로 거기에 있었군그래."

"거참. 그런 땅 짚고 헤엄치는 식의 돈벌이라면……. 에혀, 내게 전문 지식이 조금만 있었다면 당장 나섰을 텐데……. 아쉽네."

"허허허, 고 아우, 지금 하고 있는데 아쉬울 것이 뭐 있나?"

"아아, 진즉에 알았었다면 말입니다, 하하하……."

"하하핫, 고 회장님, 그게 말처럼 쉬운 게 아닙니다."

"어? 그, 그래?"

"예. 외투사들이 투자를 결정했을 때는 이미 각 분야의 전문가들이 총동원되어 하나부터 열까지 수익성 분석을 한 상태인걸요. 다시 말하면 돈이 많다고 무작정 승부를 보려고 하는 것이 아니라는 거지요."

"시스템이 완벽하게 갖춰져야 한다는 말이군."

"그렇지요. 기실 우리나라가 IMF 상황이 되고 난 다음에 모건스탠리나 골드만삭스 같은 외투사들의 이름을 아는 것이지 그 전에는 들어 보지 못했던 이름이 아닙니까?"

"하긴 IMF 이전에야 쉽게 들을 수 있는 회사들은 아니었지."

사실이 그랬다.

우물 안의 개구리처럼 국민 대다수가 견문이 좁아 사고의 폭 역시 한계가 있었던 때였다.

그랬던 것이 IMF를 맞아 외투사가 물밀듯이 들어오면서 일대 격변이랄 수 있는 적지 않은 변화가 일어났다.

글로벌이란 용어가 본격화되면서 기업의 틀도 바뀌기 시작했고, 관치 금융이던 것이 서서히 변화해 감은 물론 버블이 붕괴된 벤처기업들이 외자의 물꼬를 트고 수직 상승을 한

시기도 이때였다.

그리고 수많은 신종 용어들이 무더기로 반입되면서 서비스 문화 자체에도 엄청난 변모를 가져왔던 것도 사실이었다.

아울러 합법을 가장한 외투사들의 피도 눈물도 없는 잔인함 또한 IMF를 계기로 알게 된 소득이라면 소득이었다.

"어쨌거나 단기 펀드 회사든 장기 펀드 회사든 서로 떼려야 뗄 수 없는 밀접한 상관관계에 있다고 보시면 됩니다. 즉 이번 엠마타워 같은 경우도 악어와 악어새같이 양측의 이해관계가 맞아떨어진 경우라고 볼 수 있지요."

"흠, 그걸 저들이 전혀 예상치 못했던 우리가 낙찰받은 것에 충격을 받았을 거란 얘긴가?"

"하하핫, 의도한 건 아니지만 결과가 그렇게 된 셈이지요."

사실은 의도한 결과였지만 세 사람에게는 굳이 말해 줄 필요성을 느끼지 못해 그냥 웃어넘겼다.

"하면 파이낸싱 스타에서 그런 상관관계를 계속 유지해 나가기 위해 무리하다고 여기면서도 사들이려고 하는 것이고?"

"십중팔구는요. 왜냐면 서로 적당한 선에서 이익을 탐하기는 하지만, 서로가 이번 한 번의 거래로 끝날 사이가 아니라는 거지요. 나아가 앞으로의 거래가 무궁무진하다고 보면 더더욱 약속을 어길 수 없을 테지요."

바인더북

"그런데 왜 잔금도 지불하지 않은 상태에서 매입하겠다고 하는 거지? 자네 말대로라면, 우리를 단기 펀드 회사로 여긴 다면 적어도 2년 정도는 여유가 있을 테니 그때 가서 매입해 도 되잖은가?"

"자세한 이유야 알 수 있겠습니까만 아마……. 우리를 자 기네들 사업 파트너로 인정할 수 없다는 얘기겠지요."

"담용 군 말은 그들 사이는 오랜 사업 파트너나 다름없다 는 얘기로군."

"그렇지요. 얼마간의 손해를 감수하더라도 말입니다. 소 위 '쩐의 전쟁터'에서만큼은 믿고 맡길 수 있는 훌륭한 사업 파트너를 원하는 것이겠지요."

"하면 자넨 어떡할 건가?"

"제 생각을 묻는 것이라면 물어볼 것도 없이 팔 겁니다."

"엉? 파, 판다고?"

"예."

"원래는 보유하려고 낙찰받은 것이 아니었나?"

"그야 당연하지요. 하지만 이익을 주는 작자가 나섰는데 뭐하려고 꿍치고 있습니까? 얼씨구나 하고 얼른 팔아 버려 야지요."

"얼러리! 저놈들이 우리나라에서 돈을 벌어 가는 걸 막겠 다고 한 게 고작 며칠이나 지났다고 그새 마음이 변했나?"

"마음이 변한 것이 아니라 삼백삼십 억에 낙찰받은 걸 세 배나 가까운 금액에 되파는 것입니다. 그것도 며칠 지나지도 않아서 말입니다. 이 정도면 잘한 장사 아닙니까?"

"돈이야 남는 걸 누가 모르나? 건물이 저놈들 손아귀에 들어가는 걸 염려하는 게지."

"그건 놈들이 싸게 구입해서 비싸게 되파는 걸 막아 보자는 취지였지요. 한데 엠마타워를 천억에 파는 것이 결코 싼 것은 아니지 않습니까?"

"허허허. 이보게, 주 회장, 담용 군의 말에 일리가 있는 것 같구먼."

"크흠, 나도 아네. 그 금액에 팔면 놈들이 이삼 년 후에 팔더라도 이윤은 그리 많지 않을 테지. 그러니 꼭 우리가 잡고 있을 필요는 없어. 문제는 등기를 하고 난 이후 팔았을 때야. 바로 세금 폭탄을 맞게 될 거란 말이네. 이에 대한 담용 군의 생각은 어떤지 물어보고 싶군."

"그건 간단한데요?"

"웅? 간단하다고?"

"예, 그냥 세율대로 다 내면 됩니다."

"뭐? 절세도 하지 않고 다 낸다고?"

"그렇지요. 애초 회장님들이나 저나 회사를 창립할 때 추구했던 모토가 뭐였습니까?"

"그야…… . 해외로 빠져나가는 자산을 최대한 막아 보자는 거였지."

"그런데 왜 세금에 연연하시는 겁니까? 세금을 낸다고 해서 자산이 해외로 빠져나가는 건 아닌데 말입니다."

"……!"

"물론 심정은 이해합니다만 욕심을 내려놓으셔야 이 일을 계속할 수 있습니다."

"끄응."

'할 말 없게 만드네.'

"늙은이가 욕심이 많아서가 아니야. 이런 게임은 탄알이 많을수록 유리하니까 하는 소리지."

"하하핫, 아무리 세금 폭탄이라도 남는 게 없다는 건 말이 안 되지요. 아마 내는 세금만큼이나 수익도 제법 되지 싶은데……. 마 회장님, 대충 얼마나 남을 것 같습니까?"

"글쎄. 세무사에게 의뢰를 해 봐야겠지만 샀다가 하루 만에 되파는 경우는 처음이라……."

"그래도 대충 계산해 보실 수는 있잖습니까?"

"비근한 예는 들 수 있네. 만약 우리가 집 한 채를 일억 원에 매입한 다음 일억 원을 들여 인테리어를 해서 삼억 원에 되팔았다고 했을 때의 세율이 40퍼센트 정도라네."

"그렇다면 사천만 원을 내야겠군요."

"누진 공제 등이 있으니 더 세세하게 계산해 봐야 정확한 금액이 나오겠지."

"40퍼센트로 보고 대충 계산해 보죠 뭐. 그러니까 삼백삼십 억에 사서 일천 억에 양도하는 것이니 육백칠십 억이 남는다고 치죠. 여기에 양도소득세 40퍼센트를 내야 하니 대충……. 아, 이백육십팔 억이 나오네요. 육백칠십 억에서 이백육십팔 억을 제하면 사백이 억인데……. 우와! 세금 폭탄을 맞더라도 생각보다 많은 금액인데요?"

"엉? 세금을 내도 그 정도의 수입이라고?"

"하하핫, 고 회장님도 이런 수익이 난 적은 별로 없겠죠?"

"그, 그걸 말이라고 해? 단 한 번도 없지. 이거 잔치해야 되는 것 아닌가?"

"해야지요. 백번이라도 할 수 있는 돈을 벌었지 않습니까? 마 회장님, 안 그렇습니까?"

"허허허, 암은. 벌었으면 또 소비를 해야 경제가 돌아가지. 까짓것 당장 할까?"

"하하하……."

"하하하핫."

그야말로 채 사흘도 지나지 않아서 벌어들인 수입치고는 천문학적인 숫자이다 보니 거기에 고무되었던지 마해천 회장이 살짝 흥분해서 하는 말에 담용과 고상도 회장이 파안대소를 터뜨렸다.

넷이서 공평하게 나눈다고 해도 무려 백억씩 돌아가는 금액이니 어찌 그렇지 않을까?

뭐, 산술적인 계산이긴 하지만 예상외의 수입에 담용의 목이 뻣뻣해졌다.

고로 입에서 나오는 말에 힘이 잔뜩 실렸다.

"케헴, 주 회장님, 대략 계산해 본 수익이 세금 폭탄을 맞더라도 적지 않은 것 같은데요?"

"끄응, 하, 할 말 없다."

"허허헛, 주 회장, 자네가 꼬리를 내릴 때가 다 있군그래."

"에잉, 웬만큼 난놈이라야 이겨 보지."

"이 사람아, 우리 센추리 홀딩스의 간판 두목인데 이길 생각을 왜 해? 그냥 주는 떡이나 받아먹지."

"그래도 아까운 건 아까운 거야. 세금을 내는 것이야 아까울 것 없지만, 그걸 날름하는 놈들이 없으리란 법이 없으니까 그러지."

"허허허, 구더기 무서워서 장 못 담그겠구나."

"끙."

"담용 군, 그럼 내일 당장 잔금을 지불하고 등기까지 마쳐야겠지?"

"팔려면 그래야겠죠. 그건 마 회장님께서 알아서 처리하시면 되겠어요."

"그러지. 그럼 HJ빌딩에 대해서 얘기해 볼까?"

"아, 그건 아직 준비 중입니다. 시간도 있으니 준비가 되는 대로 말씀을 드리지요."

"준비가 덜 됐다면 할 수 없지."

"그럼, 전 이만 회사로 가 봐야 할 것 같습니다."

"어, 그래. 수고가 많았네."

이상원, 사윗감에 뽕 가다 Ⅱ

정인의 집.

탁!

인호가 마지막 참치 한 토막을 입안에 넣는 것을 끝으로 젓가락을 놓더니 불룩해진 배를 문지르며 몸을 뒤로 젖혔다.

"으아! 이제 더 이상은 배가 불러서 못 먹겠다."

"호호호. 왜? 더 먹지 그러니?"

전정희 여사가 가자미눈을 하고는 배불뚝이가 된 인호를 쳐다보았다.

"엄마는? 제가 뭐 돼진 줄 아세요?"

"얼레? 인석아, 네 매형 될 사람이 오기 전에는 참치 먹을 때만 돼지가 돼서 실컷 먹었으면 하지 않았니?"

"어어. 어, 엄마. 그런 엄청난 비밀을 이런 자리에서……
함부로 발설하면 어떡해요?"

살짝 당황한 인호가 담용의 눈치를 슬쩍 보더니 얼른 일어
나 거실로 달아나 버렸다.

"어험, 거참. 참치는 언제 먹어도 맛있구만. 담용 군 자네
덕분에 정말 오랜만에 포식한 것 같네. 고마우이."

"그러셨다면 선물로 가져온 보람이 있네요."

"그려, 훌륭한 선물이었네. 자, 자네도 다 먹었으면 눈치
볼 것 없이 거실로 나가지."

"예."

"그리고 당신 말이오."

"예?"

"담용 군이 방문한다고 식혜를 해 놓은 걸로 아는데…….
나도 맛 좀 봅시다."

"이이는? 식구들 모두 먹으려고 한 걸 가지고……. 아, 알
았어요. 곧 내갈게요."

"허허헛, 고맙소."

샐쭉해진 눈으로 이상원의 뒤통수를 째려보다가 담용과
눈이 마주친 전정희 여사가 얼른 안색을 바꾸며 말했다.

"더 먹지 그래요?"

"아이구, 아닙니다. 너무 많이 먹어서 배가 빵빵해져 이젠
더 들어갈 공간이 없는걸요."

"호호홋, 그래요?"

"예. 특히 참치초밥이 너무 맛있어서……. 그 때문에 저도 모르게 주워먹다 보니 좀 무리를 했나 봅니다."

"어머! 참치초밥이 정말 괜찮았나요?"

담용이 조금 튀어나온 듯해 보이는 배를 문지르며 하는 말에 전정희 여사가 반색을 하며 되물었다.

"그럼요. 적어도 제 입에는 딱 맞았습니다. 밥알의 질감이 알맞아서 그런지 참치와 같이 무르고 녹는 느낌이 하나가 되는 환상적인 맛이었습니다. 정말입니다. 바로 이거였습니다."

스윽.

팔을 내뻗은 담용이 엄지손가락을 추켜세웠다.

"호호홋, 그거야 제대로 저온 숙성이 된 참치를 가지고 온 덕분에 그런 맛이 난 거지요."

엄지손가락까지 추켜세우는 담용의 모습에 기분이 좋아진 전정희 여사의 웃음소리가 하이톤으로 변했다.

"엄마 말이 맞아요. 참치는 젓가락으로 집었을 때 탄력을 유지한 채 약간 휘어지는 정도가 가장 먹기 좋을 땐데, 담용 씨가 가져온 참치가 꼭 그랬어요."

"사실 이 엄마도 제일 먼저 그것부터 확인했는데, 네 말대로더구나. 그뿐이냐? 부위도 속살(아카미), 등살(새토로), 옆구리살(주토토), 대뱃살(오토로), 갈비뼈살(나카오치) 이렇게 다섯 가

지나 돼서 엄마는 너무너무 황홀했다, 얘."

"호호호. 참치 마니아, 아니 참치라면 전문가 뺨치는 엄마의 입에서 그런 찬사까지 나오는 걸 보니 오늘 제대로 먹은 것 같네."

"이것아, 입이 호강한 줄 알어."

"후후훗, 나만 했나? 식구들 전부했지."

보풀웃음을 날린 정인이 담용의 팔을 잡았다.

"담용 씨, 후식을 내갈 테니까 아빠랑 얘기하고 있을래요?"

"그럴게요."

"인호야!"

"왜에?"

"바둑 준비 좀 해 주지 않을래?"

"알았어."

차라라락.

이상원이 선을 가리기 위해 백돌을 한 움큼 집으며 말했다.

"홀인가? 짝인가?"

"홀로 하지요."

기원에서 정식으로 수준을 재 본 적은 없지만 서로 우열을 가리기 힘든 급수라는 것을 아는지라 돌을 선택하는 격식을 차려 흑선을 가렸다.

차라라라······.

움켜쥐었던 백돌을 펼친 이상원이 두 개씩 짝을 맞춰 나갔다.

"이런! 홀이로군."

"하하, 제가 흑돌이군요."

"끙."

담용이 얼른 흑돌을 챙겨 가자 이상원의 입에서 앓는 신음이 흘러나왔다.

이유는 서로가 순수 아마추어인 데다 급수도 그리 높지 않아서 덤이나 공제라는 것이 없기에 불리한 점이 많아서였다.

탁.

흑선인 담용이 기세를 올리려는 듯 우하귀 화점에다 돌을 놓자 이상원이 곧바로 소목으로 응수하며 입을 열었다.

"납품하러 가면서 보니까 공사 진척이 무척 빠른 편이더군."

"예, 부지런한 윤 소장님이 독려를 한 덕분이지요."

딱. 딱.

초반이라 둘 다 노타임으로 좌하귀에 화점과 소목으로 응수하는 것을 시작으로 기본 실리로서 맞서 나갔다.

"맞아, 참으로 부지런한 사람이더군. 그리고 몇 번 같이 식사를 하면서 대화를 해 봤는데, 대하면 대할수록 진국인 양반 같았네."

탁.

담용이 우하귀에서 두 칸을 벌려 응수하면서 말을 받았다.

"윤 소장님은 일을 추진해 나가는 능력도 그렇지만 특히 인품이 뛰어난 분입니다. 그걸 믿었기에 공사를 아예 턴키 turn key 방식으로 주면서 죄다 맡겨 버린 거죠. 거기에 준공 이후의 관리까지 말입니다."

"호오! 그래?"

"예, 그만큼 믿음을 주는 분이라서요."

"맞아. 과연 그럴 만한 사람이라 여겨지더군."

우하귀에 둘 것이냐 좌상귀에 둘 것이냐 잠시 망설이던 이상원이 소목에서 세 칸 벌려 세력을 취하기보다는 실리를 먼저 택했다. 실리 바둑을 두기로 작심을 한 것 같았다.

딱.

"어? 오늘은 실리 바둑을 둘 작정이십니까?"

원래는 이전처럼 흑의 좌상귀에 3선 날일 자로 다가설 줄 알았던 터라 물은 것이다.

"지난번에 공격 일변도였다가 된통 당했으니 오늘은 작전을 조금 바꿔 보기로 했다네."

"흠, 그렇습니까?"

'휴우, 만약 흑선이었으면 꽤 고전할 뻔했네.'

둘 다 하수에다 실력까지 비슷비슷하다 보니 몇 수 앞도 생각하지 않고 막바둑을 두는 때가 많았다.

그러다 보면 어느 결에 서로 물고 물리는 형국이 되어 버려 종국에는 수습을 하느라 진땀을 뺀다.

"자네, 저거 보이나?"

"……?"

이상원이 손으로 가리키는 곳을 쳐다본 담용은 TV 옆에 바둑책이 놓인 것을 볼 수 있었다.

"어? 바둑 공부를 하신 겁니까?"

"흠흠, 그때의 패배를 설욕하려고 연구를 좀 했지."

"그거…… 반칙인데요?"

"잉? 웬 반칙? 공부하고 연구하는 게 왜 반칙인가?"

하긴 반칙일 리가 없다.

"끙. 뭐, 좋습니다."

담용이 겨우 두어 수 둬 놓고 판세를 읽는 척하며 물었다.

"근데 자재 수급에는 문제가 없겠습니까?"

"그게…… 그러지 않아도 시국이 시국이라 불안해서 철근 제조업체 관계자들에게 좀 알아봤는데, 다행히 올해 철근 생산이 지난 4월과 비슷한 수준이 될 것으로 전망하고 있더군. 그래서 한시름 놓긴 했네. 그래도 당장이야 수요 강세가 지속되고 제조업체가 공장 가동률을 최대로 유지하고 있는 상황이라지만, 아직 IMF 구제 금융에서 벗어나지 못하고 있다 보니 계속 유지되리라고는 장담할 수가 없어 불안감을 떨칠 수가 없네.”

딱.

담용이 거침없이 상대방의 좌하귀에 3선 날일 자로 걸치면서 입을 열었다.

“뭐든 장담할 수 없는 시절이긴 하지만 원래부터 우리나라가 중공업에서부터 발달해 온 탄탄한 경제 구조라 그리 쉽게 흔들리지는 않을 겁니다.”

그렇게 말한 뒤 문득 철근 공황 사태가 있었던 때를 떠올린 담용이 잠시 편도체를 건드려 그 당시를 살펴보았다.

그러자 곧 그때가 아직 도래하지 않은 2004년이라는 것을 알고 안심했다.

‘맞아. 그때 중국 때문에 그랬었……. 아참, 앞으로 그렇게 될 거구나.’

어쨌든 기억의 저편에서 중국발이 원인이었던 2004년의 철근 품귀 현상은 중국이 대량으로 원자재를 소비하면서 국내산 철 스크랩까지 모조리 수출해 버리는 기현상에 의해 발생된 사태였던 것이다.

그 결과, 철 스크랩(고철)의 사재기로 인한 인위적인 가격 급등과 이로 인한 혼란까지 가중되면서 국내 공급 물량이 크게 줄어 한 달에 26퍼센트 이상이나 고철값이 올라 주물업계의 조업 중단 사태가 벌어졌었다.

당연히 정부에서 철 스크랩 수출 금지와 적극적인 시장 안정화 노력에 나섰고 겨우 진정 국면에 들었던 것이다.

"우리 같은 중소업자들이야 그러길 바라지만 실제로는 앞날이 불투명한 것 같아서 뭘 해도 흥이 나질 않아. 또 하고 싶은 일이 있어도 선뜻 일을 벌이기가 두렵기도 하다네."

"IMF에서 받은 구제 금융은 DJ 정부가 고용 창출의 일환으로 일자리에 관한 여러 가지 정책들을 쏟아 내고 있는 것을 기화로, 늦어도 내년 안에는 해결되리라 봅니다만……."

기실 다양한 연유가 있었지만 실제로도 세 달 후인 9월 20일에 체코 프라하에서 열리는 'IMF연차총회' 때 정부 대표의 기조연설에서 대기성 차관 60억 달러를 조기 상환할 방침이라고 발표한다.

그리고 담용이 완전 상환을 내년, 즉 2001년으로 예측한 것은 그해 8월 23일 IMF 구제 금융 백구십오억 달러 전액을 상환했다고 대통령이 발표함으로써 IMF 관리 체제가 종료되기 때문이다.

"허허허, 그거야 자네 말대로 된다면 얼마나 좋겠나?"

딱.

사람 좋은 웃음을 짓던 이상원이 재빨리 눈목 자로 벌려 버렸다.

"어? 그렇게 자꾸 집만 확보하실 겁니까?"

당연히 날일 자로 걸친 곳에 입구 자로 막으며 맞대응할 줄 알았다가 의외의 눈목 자 대응에 살짝 당황하는 담용에게 이상원이 말했다.

"어허, 뭔 소릴? 세력 추구를 위해 굳히기를 하는 것이라네."

"쩝, 말씀은 그렇게 하지만 은근슬쩍 협공을 하시려는 것 같은데요?"

그렇게 말하면서 담용이 상대의 좌하귀를 엿보기보다는 좌변에 세 칸을 벌려 착점을 했다.

딱.

백돌이 두 칸을 벌려 협공해 올 것을 저어해 이를 차단함과 동시에 실리를 추구한 것이다.

"어라? 안으로 파고 들어올 줄 알았더니 되레 물러나?"

"하하핫, 작전을 바꿨다고 하셔서 잠시 관망해 보려고요."

"초장부터 말인가?"

"예, 저야 공부도 못 했고 또 비장의 한 수도 준비하지 못했으니 조심할 수밖에요."

'끙, 말은 저렇게 해도 네 녀석도 작전을 바꿨다 이거지?'

어쨌든 들어올 줄 알고 비장의 수를 마련해 놨었는데 그만 도로 아미타불이 되어 버렸다.

이렇게 되면 그동안 연구해 놨던 수들도 순서가 엉망이 되는 바람에 써먹을 수가 없다.

'제길, 바둑의 수순을 외우는 게 얼마나 어려운데…….'

맥은 빠졌지만 그보다는 전개가 그렇게 되어 버리자 전번 대국에서의 전투 바둑과는 확연히 달라져 오히려 실리 바둑을 취하던 이상원 자신이 더 당황스러웠다.

'흠, 둘 다 실리로 가면 곤란한데…….'

하지만 각자가 지닌 고유의 기풍은 바뀌기가 쉽지 않은 것을 감안하면, 이 상태에서 전투가 전개된다면 어떤 난타전이 전개될지도 예측하기가 어려웠다.

그러나 이러니저러니 해도 당장 명확하게 눈에 들어오는 게 있었다. 다름 아닌 좌변 세력, 즉 상대가 보면 우변 세력이다. 한눈에 보기에도 담용의 우변 세력이 강해질 것이 눈에 선하게 들어왔다.

이것이 바로 바둑의 판세를 주도적으로 이끌어 가는 흑선의 이점인 것이다.

더군다나 공제 즉 덤도 없는 순수 아마추어 바둑이니 엇비슷한 수라면 백돌이 불리하기 짝이 없다.

'쩝, 끌려가면 안 되는데…….'

마음이야 그랬지만 단 한 수만 더하면 좌변을 몽땅 주게 생겼으니 더 늦기 전에 갈라치기에 들어가야 했다.

담용은 자신처럼 소목 바둑이 아닌 굵직한 곳에만 두는 순장바둑이라 한 수 한 수 놓을 때마다 집이 큼직큼직하게 늘어나는 것같이 보여 아쉽지만 갈라서 차단하지 않을 수가 없었다.

지금이 아니면 때를 놓치기 십상이니 어쩌겠는가?

그 즉시 갈라치기에 들어갔다.

딱!

비틀어진 마음만큼이나 손가락에 힘이 들어갔는지 돌을 착점하는 소리가 꽤나 크게 들려왔다.

이어서 너무 노골적인 한 수 같은 기분이 든 이상원이 재빨리 말을 걸었다.

"내년에 완전히 변제한다는 근거라도 있나? 아니면 어디서 무슨 소릴 들은 거라도……?"

"IMF라는 국제통화기금 관리 체제하에 들게 된 원인이야 복잡하지만, 그걸 역순으로 메꿔 가면 되지 않겠습니까? 하하하……."

"쯧, 세 살배기 갓난애도 곧이듣지 않을 말이로군."

"하하핫, 그렇게 간단했으면 얼마나 좋겠습니까? 일단 IMF 사태가 일어난 원인을 간단하게 핵심적인 것만 말씀드리자면 두 가지를 들 수 있겠네요."

"뭔가?"

"하나는 너무나 섣부르게 혹은 어설프게 이루어진 금융 자유화이고 다른 하나는 자본시장 개방이라 할 수 있습니다."

"그게 왜 원인이 된 거지? 오히려 좋은 것 아니었나?"

"정책이 아무리 좋아도 그걸 실행하는 담당자들이 유용하기에 따라 독도 되고 성배도 되는 법이지요."

"하긴……."

"먼저 움직인 건 금융업이었습니다."

"금융?"

"예, 국내 은행들이 외국에 나가서 이자가 싸다고 단기 외채를 마구잡이로 들여왔거든요."

"어, 얼마나 싼데?"

"아마 3퍼센트 이하일 겁니다."

"헐-! 그 돈을 나도 썼으면 좋겠군그래."

"하하핫, 아무리 기다려도 차례가 안 오겠지요."

"쩝."

"뭐, 거기까지는 좋습니다. 문제는 그 돈을 어디다 썼느냐하는 거죠. 또 하나는 재벌들이 서로 덩치를 키우겠다고 과잉으로 중복 투자 사업을 엄청나게 많이 벌인 것이 그만 판이 커져 수습이 되지 않았던 거지요."

"소위 문어발식 확장이라고 하는 것 말인가?"

"바로 그거지요."

물론 딱히 이것만 문제가 된 건 아닌 게 원래부터 우리나라 경제가 관치 금융을 기본으로 깔고 있다는 것도 주범 중에 하나다.

관치 금융이다 보니 재벌들의 방만한 경영에 이은 정경 유착 그리고 정치권의 눈치를 볼 필요가 없어진 재벌들의 상식을 넘어선 높은 외채 비율이 그만 불거지다 못해 터져 버린 것이다.

"허어, 그야말로 불치의 병이라고 할 수 있는 문젠데, 치유가 되겠는가?"

"반드시 치유해야지요. 지금 한창 치료하는 과정이기도 하고요."

딱.

담용이 갈라 쳐 온 백돌을 위협하듯 중앙으로 세 칸 뛰었다.

이에 이상원 역시 외롭게 되어 버린 돌의 탈출에 나서 중앙으로 똑같이 세 칸을 뛰며 물어 왔다.

"근데 IMF란 말의 뜻이 여러 가지던데 어떤 뜻이 가장 정확한가? 난 당최 헷갈려서 말이야."

"아, IMF란 말만 사용하면 외환 위기의 의미를 담고 있지 않기 때문에 그대로 사용하면 작금의 이 상황을 대변하기에는 잘못된 것이라 할 수 있지요. IMF란 용어는 단순히 국제통화기금이라는 국제기구를 일컫는 말이라서요."

"그 정도는 나도 알고 있네만……."

"헷갈리는 부분은 아마 IMF에 구제 금융을 요청했다는 상징성으로 인해 내용이 압축된 단어로, 대한민국의 언론사에서 자주 사용하는 바람에 영향을 받은 탓일 겁니다. 딱히 한 가지로 정의하는 용어는 없습니다만, 흔히 IMF 사태라던가

IMF 경제 위기 혹은 IMF 외환 위기라고 말하면 어느 걸 사용해도 무난하지요. 또한 IMF 환란이라고 하거나 IMF 관리 체제하에 있다고 말해도 틀린 게 아니고요. 그도 아니면 기간은 짧아도 IMF 시대라고 해도 무방합니다."

"모두 한 번씩 들어 본 말이긴 하군그래."

딱. 딱.

둘 다 중앙으로의 탈출을 한 번씩 더 시도했다.

"물론 원인을 알고 있다면 극복할 길도 있겠지. 하지만 위정자들이 과연 모르고 IMF 사태를 맞았을까 하는 생각이 들더군."

"징조야 아까 앞에 말씀드린 내용 그대로이지요."

"아아, 내 말은 무슨 기폭제가 된 사건이라도 있었나 하는 걸세."

"아! 그건 한보 사태에서부터 시작됐다고 해도 과언은 아닙니다."

"한보라면…… 대치동 은마아파트를 지은 회사가 아닌가?"

"맞습니다. 한보야말로 부채비율이 1,900퍼센트였다고 하지 않습니까?"

"헉! 처, 천구백 퍼센트라고?"

"예. 그 말은 자기자본은 얼마 없고 순전히 남의 돈으로 사업을 한 것이란 뜻이죠. 그 돈이 어디서 나왔겠습니까?"

"그야 은행에서 나왔겠지."

"그렇죠. 은행은 또 외국에서 단기 외채를 마구 빌려 온 것일 테고요."

"지랄! 그러니까 위기가 안 일어날 수 없었다는 거로군."

"뭐, 한보 사태 때만 해도 어떻게 견딜 수 있었을지도 모르는데, 기아자동차가 어려워지면서 곤두박질치기 시작했지요."

"기아자동차?"

"예, 모두가 아는 기아 사태가 장기화된 것 말입니다."

"그, 그게 왜 이유가 되지?"

"아! YS의 부도 유예 협약 때문에 벌어진 사태니까 그렇지요."

"헐! 하면 일부러 방치했단 말인가?"

"그런 경향이 짙지요. 원인은 정작 한보 부도 사태 때부터 꼬여 버린 거지만요."

"……?"

"YS가 한보 부도 이후 더 이상 대기업의 부도를 내지 말라는 지시를 내렸다고 합니다. 뭐, 진로와 대농그룹까지는 잘 적용됐지만 기아가 이를 악용하는 바람에 금융 부실을 가져오게 하는 단초가 되어 버렸지요."

"처음 듣는 소리일세그려."

"정책을 입안하는 담당자들이 최악으로 치달을 것을 감안하고 추진할 생각을 하지 않고, 적당주의로 미적거리는 통에 감지를 해 놓고도 당해 버린 게 더 판을 키운 꼴이 되어 버렸지요."

"감지된 내용이라면 구체적으로 뭘 들 수 있나?"

"하하핫, 바둑은 안 두시고 경제 공부를 하실 겁니까?"

"바둑이야 언제든 두면 되지만 그런 공부는 언제 하겠는가? 어? 마침 다과상이 오는군. 바둑은 다음에 두도록 하지. 인호야, 바둑판 치워라!"

"예, 아버지."

스르르륵.

'에구, 막 유리해지려고 하는 판인데…….'

이상원이 바둑판을 물리자 담용이 눈을 못 떼고 아쉬워했다. 하지만 초장부터 엇나가는 바둑에 이상원이 흥미를 잃기도 했지만, 애초 정인이 자리를 깔아 놓은 터라 별로 흥이 나질 않았던 것이다.

기실은 회피했다기보다는 달리 할 말이 있어서였다.

수담은 그다음에 둬도 늦지 않았다.

"호호홋, 담용 씨, 아빠 좀 불리하다 싶으면 항상 저러시니 이해하세요."

"어? 정말요?"

"네, 호호호……."

"데끼! 내가 언제 그랬냐?"

"호호호, 외삼촌에게 질 것 같으면 온갖 핑계를 대면서 바둑판을 물리곤 하셨잖아요?"

"으이그, 딸자식 키워 놔 봐야 소용없다더니, 네가 딱 그 짝이로구나."

"호호홋, 죄송해요. 식혜나 드세요, 아버지."

정인이 이상원에게 눈웃음을 살살 치며 슬러시처럼 된 식혜를 디밀었다.

무안함에 얼굴이 뜨뜻해진 이상원이 그걸 식히려는지 식혜를 단번에 들이켰다.

"어허! 시원하구나. 자네도 어서 들게."

"예."

"내가 말일세. 철이 들었을 때부터 쇳덩이만 만지다 보니 일자무식이란 소리는 안 듣더라도 원체 아는 바탕이 없어 놔서 이 기회에 상식 정도는 좀 알아 두려고 그러는 거라네. 거……. 왜 오달재 사장 알지 않는가?"

"아, 진경물산 사장님이야 잘 알죠. 아직 거래도 끝나지 않은걸요. 참, 그분은 요즘 어떻게 지내신데요?"

"그 친구는 오창에서 공장을 짓느라 얼굴 한번 볼 새도 없이 바쁘다네."

"하긴 완공이 돼야 보쉬나에 공장을 비워 줄 수 있을 테니 바쁘시겠지요."

"그렇지."

"근데 그분이 왜……?"

"다 자네 때문일세."

"예? 그게 무슨……?"

"오 사장이 나를 볼 때마다 똑똑한 사위한테 좀 배우라고 성화니까 그렇지."

"오 사장님도 참……. 아직 새파란 제게 배울 게 뭐가 있다고 그러시는지……."

"아니네. 오 사장이 자네를 굉장히 유능한 젊은이로 생각하고 있다면, 나 역시 그를 믿는 만큼이나 자네를 그렇게 생각하고 있네. 오 사장의 일을 해결한 자네의 능력은 누가 봐도 결코 범상한 게 아니었으니까 말일세."

"자꾸 그러지 마십시오. 얼굴이 뜨뜻해집니다."

"자네가 어떻게 듣던 내가 오 사장이 가진 것 중 딱 하나 인정하는 것이 있다네. 그게 뭔지 아나?"

"모릅니다."

단 한 번의 거래가 있었을 뿐 오달재와는 그리 친분이 두텁지 않은지라 그런 걸 알고 있을 턱이 없다.

"바로 사람의 인성과 능력을 판단하는 눈이 탁월하다는 점이라네."

"어머나! 오달재 아저씨에게 그런 능력이 있다고요?"

"암은. 그래서 내가 가끔 신세를 지기도 하지."

"그, 그럼 아빠가 직원을 구할 때마다 사무실에 와 계시게 한 이유가 전부……?"

정인도 그런 사실을 이제야 알았는지 눈을 동그랗게 뜨고 물었다.

"허허허, 그래. 이 아빠가 직원을 구할 때마다 와서 도와달라고 해서 와 있었던 거지."

"어머머. 어쩐지……. 오달재 아저씨에게 그런 면이 있었는지는 전혀 몰랐네요."

"그런 티를 내는 친구가 아니니까 알 수 없었던 게지."

"그럼 직원들의 관상을 보신 건가요?"

절레절레.

"그 친구는 관상의 관 자도 모른다고 했다."

"그런데 어찌……?"

"오 사장은 별로 특별할 것 없다더군. 그냥 20대부터 자기 사업을 하면서 많은 사람들과 부딪치다 보니 저절로 생기게 된 안목이라고만 했다."

"그럼 달재 아저씨가 담용 씨를 보고 뭐라고 하셨는데요?"

"구구한 말은 하지 않고 그냥 사람이 진국이니 정인이 너더러 꽉 붙잡으라고 하더군."

"그, 그래요?"

이상원의 말이 조금은 노골적이었던지 정인의 얼굴이 불그스름해진다 싶더니 무안해지는 마음을 희석이라도 하려는 듯 금세 말을 이었다.

"그것하고 배울 게 있는 것과는 다르잖아요?"

"아! 그건 담용 군의 자금 동원 능력을 보고는 그 속에 든 지식이 결코 얕지 않을 거라고 하더군."

"과찬입니다. 대학에서 전문교육을 받지 않은 사람이 알면 얼마나 알겠습니까? 그리고 자금 동원이야 인연이 된 분이 계셔서 그랬던 것이니 운이 좋았던 거고요."

"뭐, 그건 아무래도 상관없네. 이건 내가 알고 싶은 것이기도 하면서 오 사장이 좀 물어봐 달라고 하는 문젠데."

"뭐, 뭔데요?"

"아까도 물었지만 오 사장의 경우 오창으로 공장을 이전하면서 확장을 하다 보니 많이 불안했는지 언제쯤이나 IMF 환란이 끝날지 좀 물어봐 달라고 하더군."

"아빠, 그건…… 경제 전문가들에게나 물어봐야 되는 거 아녜요?"

"뭐, 그걸 모르고 물어보는 건 아닌데……. 일전에 아랫목 윗목 하면서 중소기업과 대기업 간의 납품 문제를 거론할 때 들었던 생경한 이론이 꽤나 인상이 깊었던 모양이더라. 이 아빠 역시 오 사장과 같이 그런 마음이기도 했었고……. 하니 어쩌겠는가? 자네에게 꼭 물어보고 알려 달라고 하니 말일세."

"저라고 깊이 아는 게 있어야지요."

"오 사장 말이 자네가 법인 부동산을 취급하고 있어 대기업들의 동향을 엿볼 기회가 많을 것이니 조금은 알고 있을 거라고 하더군."

"대기업의 동향이야 그들의 비업무용 부동산을 자주 접하다 보니 조금은 알고 있지요. 하지만 그걸로는……."

"아아, 됐네. 아는 것, 아니 너무 깊이 말고 보이는 것만큼만 말해 주면 되네."

"저……. 오 사장님께서 융자를 받으실 계획이 있으신가 보죠?"

"어? 눈치챘나?"

"지금 구로동에서 오창공단으로 확장시켜 가는 상황이니 당연히 추측할 수 있는 거지요."

"자네 말이 맞네. 공장 부지가 너무 넓어서 공간이 많이 남는다고 하더군. 그렇다고 모양 사납게 방치해 놓을 수도 없고 해서 은행에서 돈을 좀 빌려서라도 시설 일부와 직원들 복지시설을 보강할까 한다네."

"아! 그러니까 직접 비용이 아닌 간접 비용이라 돈을 빌리면 부담이 되는데, 경기가 계속해서 나빠진다면 공장이 모양은 좀 사납더라도 미루겠다는 말씀이네요."

"바로 그걸세."

"무슨 말인지 알겠습니다."

"그리고 오 사장은 이런 말을 하더군."

"……?"

"우리가 IMF 구제 금융은 받지 않아도 됐는데 너무 성급했다고 말이야."

"아아, 그런 말은 많이……."

고개를 끄덕이며 성급하게 대답하려던 담용이 급히 입을 다물었다.

"엉? 들은 말이라도 있나?"

"아, 아뇨. 원래 무슨 일이든 지나고 나면 여기저기서 말들이 많아지는 법이 아닙니까?"

"그야 그렇지."

사실 오달재가 의심한 것처럼 언론을 비롯한 여러 매체에서 본격적으로 거론하지는 않았어도 그런 얘기가 심심찮게 나돌았던 것은 사실이었다.

이를테면 이렇다.

당시 우리나라처럼 말레이시아도 같은 시기에 금융 위기에 처했었던 걸 감안하면 충분히 일리가 있는 말인 것이 IMF 구제 금융을 허용한 우리와 거절한 말레이시아가 똑같이 위기 상황을 탈출했다.

이유인즉 IMF의 원인이 내부적 문제점도 있지만 그보다는 외부적 요인이 크게 작용한 터라 단기적인 금융 충격으로 봤기 때문이다.

그래서 우리나라는 몇 년 되지도 않아서 빚을 다 갚아 버리고 말레이시아도 짧은 터널을 지나는 결과를 가져온 것이다.

　고로 우리나라는 경제가 외국에 종속되는 그런 결과를 초래했지만, 말레이시아는 독자적 경제를 유지해 나갈 수 있었다.

　기실 규모로 보나 잠재력으로 보나 우리나라가 훨씬 더 유리했음에도 불구하고 덜컥 수락해 버린 면이 없지 않았다.

　이것이 시사하는 바가 큰 것은 얻은 것보다 잃어버린 것이 너무 많다는 데 있었다.

　핵심적인 게 중산층의 붕괴로 인한 빈부의 양극화다.

　이후로 고용이 불안해지고 비정규직이 늘어나고 좋은 직장이 많이 줄어들다 보니 직장을 일찍 나오게 되거나 구조조정을 당하는 사태가 벌어졌다.

　더욱이 이런 사람들이 또 자영업으로 진출하는 통에 자영업이 과잉 팽창을 하게 되는 결과를 가지고 와 제 살 깎아 먹기 아니면 스스로 와해되어 버리는 현상이 일어났다. 즉 소비의 여력은 한계가 있는 반면에 공급이 과잉된 것이다.

　'쯧! 곧 사오정이나 이태백 같은 말들이 막 쏟아지는 때이기도 하지.'

　"사실 우리 같은 중소기업은 대기업과는 달리 자본력이 빈약하다 보니 약간의 부채에도 그냥 넘어가 버리는 경우가 많아서 그러는 거라네."

　"그렇겠지요. 아무튼 그렇게 원하시니 제가 아는 한도 내에서 말씀드리도록 하겠습니다."

"그러게나."

"이제는 어쩔 수 없이 우리나라도 IMF라는 사태를 경험하면서 세계의 큰손들에 의해 좌지우지될 수밖에 없는 경제 구조가 됐습니다. 이는 그들의 손에 의해 경제가 탄탄해지기도 하고 약화되기도 한다는 말과 같습니다. 고로 세계적인 신용 평가 기관의 평가에 의해 한국의 국가 신용 등급이 어떻게 되느냐에 따라 결정된다고 보면 됩니다."

"무디스 같은 곳 말이지?"

"예. 일단은 작년 초에 영국의 피치 IBCA(Fitch IBCA)에서 우리나라의 국가 신용 등급을 IMF 사태 이후 13개월 만에 투자 부적격에서 투자 적격으로 상향 조정한 것을 시작으로, 방금 말씀하신 무디스Moody's와 스탠더드 앤드 푸어스(S&P) 역시 몇 달 지나지 않아서 상향 조정을 했지요."

"나도 어렴풋이 기억이 나는군."

"이들이 투자 적격으로 판단한 근거가 중요한데, 그 첫째가 한국 정부가 이룩한 경제 안정과 구조 개혁의 성과이고 둘째가 빠른 외환 보유액 회복, 셋째가 단기 외채가 감소한 것 마지막으로 넷째가 최근의 경기 회복 추세였습니다."

"큼, 그건 말이 조금 맞는 것 같네. 건설 경기만 봐도 재건축을 비롯한 각종 건축 공사를 중심으로 부양하다 보니 다소 회복세를 보이는 조짐이 있긴 해. 거기에 전기로 제강업계의 가격 환원 노력에 따른 수요업계의 가수요가 수요 증가를 야기한 것도 한몫하고 있다는 말도 들려오긴 하지. 한데 말이야, 정작 제조업체 관계자들은 여전히 불안감을 감추지 못하고 있다는 게 문제야. 그런 연유가 있기에 오사장이 물어보는 것이고."

"그쪽에서 예측하는 바를 들어 볼 수 있습니까?"

"나야 아는 게 철제밖에 없으니 그걸로 예를 들어 보지. 최근의 이러한 수요 호조세가 지난해까지 지속적인 감소세를 기록했던 수요에 대한 반대급부 차원이라 아직 벗어나지 못한 것으로 보고 있다는 거야."

"조금 전에 분명히 수요가 강세라고……."

"틀린 말은 아닌데 문제는 3월 이후의 수요 강세가 계절적 성수기에 따른 현상이며 근본적으로 건설 경기가 크게 호전된 것은 아니기 때문에 향후의 추세를 지켜보아야 정확하게 알 수 있다는 것이지."

"후우, 어렵군요."

"허허허, 쉬웠다면 이리 고민할 필요가 없지."

'젠장. 칠조 칠천 억이란 돈이 대체 어디로 간 거야?'

작년에 실업 대책의 일환으로 시장에 푼 자금만 칠조 칠천 억 원인데 1년이 넘도록 냄새만 풍기고 말았는지 피부에 와 닿는 게 전혀 없었다.

기실 97년 외환위기 후 아시아개발은행 즉 ADB에서 지원

받은 사십억 달러의 얘기는 잠시 나왔다가 핫바지 방귀 새듯 슬그머니 사라져 버렸다.

이게 중요한 것이 당시 IMF는 한국에 구제 금융을 지원하면서 온갖 조건을 내걸고 격식을 요구했지만, ADB는 그런 절차마저 생략한 채 한국을 상대로 흔쾌히 긴급 수혈에 나서 준 돈이다.

'젠장. 생각할수록 열 받네.'

그러니까 온갖 격식과 조건이 걸린 IMF의 지원금 백구십오억 달러는 국민이 갚아야 되고 흔쾌히 들어온 지원금은 누군가 아니면 어느 단체가…….

'제기랄, 그만두자.'

이래서 싫다.

발표를 했음에도 내가 듣지 못한 것인지 아니면 유야무야 흘러가 버린 것인지…….

여당이야 그렇다고 해도 감시를 해 줘야 할 야당에서도 떠든 바가 없으니…….

고로 나와 너, 우리 아니 대다수의 국민들이 늘 하는 얘기로 '임자 없는 돈'이 되어 버렸을지도 모른다.

임자 없는 돈?

그거……. 먼저 줍는 놈이 임자다.

하지만 백 없고 돈 없는 놈이 함부로 주웠다간 쇠고랑 차기 딱 알맞다. 즉 간 큰 도둑이나 날름 줍지 좀도둑은 주우라고 해도 못 줍는 돈인 것이다.

아, 물론 공적 자금 어쩌고 하면서 전가의 보도처럼 들고 흔드는 말은 사양이다. 적어도 나같이 무지한 자라도 명료하게 알 수 있는 발표와 자료가 있기 전에는 말이다.

'후우, 이래서 권력은 쥐고 봐야 되고 돈은 있고 봐야 하는 건가?'

참으로 서글픈 현실이다.

세태가 자꾸만 그쪽으로만 내모는 것 같아 더 서글프다.

더 억울한 일이 뭔지 아는가?

기업들이 엄청난 부채로 인해 총체적인 부실로 헤맬 때, 또 그것이 결국은 금융기관의 문제로 전이가 되었을 때, 금융 구조 조정을 하고 기업 구조 조정을 했다.

이후 여러 가지 기업을 위한 제도를 많이 만들어 준 덕에 기업들이 많은 돈을 벌었다.

당연히 기업의 부채비율도 낮아지고, 부실도 과거처럼 많지 않게 됐다.

어떤 연유로 그렇게 됐을까?

이게 모두 국민의 돈으로 치른 잔치의 결과가 아니고 뭐겠는가?

결국 기업은 돈을 많이 벌어 갔지만 대신에 그만큼 세금을 낸 가계는 더 힘들어졌다.

아울러 일자리까지 잃다 보니 가계 소득은 점점 낙하 일로

가 되어 버렸다.

돈을 쌓아 놓고도 국민들을 위해 절대로 안 쓰는 기업들.

공적 자금으로 유지해 놓고도 얼굴에 철판을 깐 채 문턱을 엄청 높게 올려놓고 국민 위에 군림하는 은행들.

이를 알고도 나 몰라라 하며 모르쇠로 일관하는 위정자들.

이 모두가 국민의 돈으로 목숨 줄을 구해 놓고도 배신한 꼴이 아니고 뭔가?

거기에 더해서 기업도, 은행도, 위정자들도 은혜를 모르고 국민 위에 군림한다.

묻고 싶다. IMF의 원흉이 누군지?

아무도 책임지는 사람이 없다. 아니, 보질 못했다.

그것이 작금 대한민국의 현실이다.

각설하고.

"앞으로의 경기는 분명히 좋아집니다."

"당연히 좋아져야겠지만 그 근거를 듣고 싶네."

"제가 경제 전문가도 아니고 그렇다고 예언가도 아니라 확실하게 이렇다 저렇다 말할 수는 없습니다만, 미국의 유명한 펀드 매니저인 조지 소로스라는 사람이 한 말을 인용해 보겠습니다."

"조지 소로스?"

"예, 투자의 달인으로 억만금을 모은 사람이기도 하지요."

"뭐라고 했는데?"

"조지 소로스는 IMF를 경험한 국가의 변화도를 이렇게 말하고 있습니다. 첫째가 은행의 합병을 통한 리딩뱅크와 빅뱅크BIG BANK의 출현이고 둘째가 부동산 투자 신탁회사(리츠)의 등장이며, 셋째가 은행에서 증권과 보험을 겸하는 시대가 도래하는 것. 넷째로 환차익을 노린 외투사, 즉 핫머니와 헤지펀드의 단기자금이 유입될 것이며 다섯째로 환율이 안정화 추세에 이르면 주식시장에 뮤츄얼 펀드의 유입이 시작되는 것. 여섯째로 은행이 보유한 부실채권의 처리 방안이 생기고 일곱째가 파생 상품, 즉 선물 옵션이나 헷지 등의 시장 변화가 생긴다는 겁니다."

"어려운 경제 용어가 많이 나오는군."

"하하하, 일일이 알 필요는 없습니다. 단지 희망적인 얘기를 하기 위해 말한 것뿐이니까요."

담용은 조지 소로스가 한국에서 IMF가 일어나기 전부터 그 후까지의 상황 그대로를 지적했다는 것을 알고 있었다.

"위기 뒤에 기회가 오듯 말인가?"

"그렇지요. 작금의 리스크에 대비하기 위해서는 국가의 재정 상태가 튼튼해야 하고 또 투자 환경 조성과 대외 개방, 적절한 외환 보유 물가 관리, 적정한 성장 정책, 기업, 금융권의 부도율 및 금리 조절, 무역수지 조절, 고용정책 및 실업률 관리 그리고 SOC 분야에 대한 효율성과 국방의 안정, 민중 봉기, 데모 등의 정국 불안 요소 방지, 정부 채권 발행 규모와 세수의 확대 등등 신경 써야 할 부분이 많겠지요."

"헐, 정신이 어질어질하군. 아무튼 좋은 말은 다 나오는 걸 보니 징조가 좋아 보이는군. 그렇게 말하는 자네도 대단하고."

"지금까지 적지 않은 말을 했습니다만, 오 사장님께는 이렇게 말씀드리십시오."

"어떻게?"

"게임의 룰이 바뀔 때 큰 기회가 온다고요."

"엉? 그게 무슨 말인가?"

"IMF 환란 시기로 인해 게임의 룰이 바뀌었다고 보면 됩니다."

"글쎄. 이해가 잘 안 되는군."

"활짝 핀 상태의 호황과 불황의 연속은 극히 드물지요. 바로 지금이 투자를 과감하게 하고 확대할 시기이니 주저하지 마시라고요."

"어? 그, 그게 정말인가?"

"아마도 우리나라의 빈부가 바뀌는 가장 결정적인 시점이 바로 지금일 겁니다."

"……!"

"적어도 향후 이삼 년만 기다리시면 제 말이 무슨 뜻인지를 피부로 느끼실 겁니다."

"그, 그래?"

"예, 분명히요."

담용은 안다.

이 당시 부동산이든 주식이든 또 어떤 투자를 하든 공격적 투자 성향을 가진 사람들은 거의 대다수가 미래 대한민국의 부유층 반열에 올라섰다는 것을.

바로 게임의 룰을 알고 투자를 해 기회를 잡은 자들이라고 하겠다.

"흠, 거기에 나도 포함되는가?"

"당연히요. 절대 후회하지 않으실 겁니다."

"흠, 잘 알았네."

'확실히 오 사장의 사람 보는 눈은 알아줘야겠군.'

기실 절반 정도는 알아듣지도 못했지만 미래에 사위가 될 녀석의 학식이 절대 만만치 않다는 것쯤은 알 것 같았다.

더욱이 머리에 많이 든 것만 아니라 돈도 잘 버는 것 같아 사윗감으로서는 금상첨화다.

식사를 하고 얘기를 하다 보니 그새 시간이 많이 흘렀다.

놈이 가기 전에 꼭 할 말이 있었다.

"케헴, 그건 그렇고……."

이상원이 입을 열었다가 옆에서 열심히 듣고 있는 정인을 힐끗 쳐다보더니 새삼 진중한 표정을 지으며 재차 말했다.

"자네…… 정인이를 언제 데려갈 건가?"

"아! 하하핫, 오늘은 정식으로 첫 방문 인사를 드리러 온 겁니다. 그 문제는 따로 정인 씨와 제가 조만간에 만나서 의논하도록 할 테니 너무 걱정하지 마십시오."

"크흐흠. 너, 너무 오래 끌지 말게나, 흠흠흠."

말을 꺼냈다가 괜히 무안해진 이상원은 헛기침만 연거푸 해 댔다.

"제게 바쁜 일이 몇 가지 있습니다. 그걸 해결하고 난 뒤에 정인 씨와 같이 와서 말씀을 드리도록 하겠습니다."

"그, 그렇게 해."

'후후훗, 그래도 프러포즈는 근사하게 치르는 게 먼저라고요.'

프러포즈는 담용 자신이 미리 알고 있었다기보다 동생인 혜린이가 해 준 말이었다.

여자는 면사포를 쓰기 전에 사랑하는 사람에게 근사한 프러포즈를 받는 게 그 못지않은 기쁨이라고……

BINDER
BOOK

역시 팀장이야

KRA TF팀 사무실.

언제나 그렇듯 오전 일곱 시부터 시작된 회의가 무려 세 시간이 지나도록 계속되고 있는 중이었다.

막 한지원 과장의 업무 보고가 있었던지 그가 자리에 앉자 마자 담용의 시선이 유 장수에게로 향했다.

"유 선생님, SG모드의 화의신청 기간이 언제인지 알아보셨습니까?"

"아, 어제 결과가 나왔네."

"언제까지랍니까?"

"돌아오는 8월 31일까지네. 98년 12월 15일에 화의신청을 낸 이후로 1년 반이 지난 셈이지."

"앞으로 두 달 남은 셈이네요."

"그러네."

사람으로 치면 그때까지 시한부 생명이라는 뜻이다.

"그쪽 분위기는 어떻던가요?"

"생산은 차질 없이 하고 있지만 활기가 없이 많이 침잠되어 있는 분위기였네. 아마도 1년이 지나도 회생될 기미가 보이지 않아서 그런 것 같았네."

'쯧, 살아가기가 팍팍할 텐데…….'

유장수의 말은 그랬지만 화의신청의 경우는 자금 지급 등을 임의로 행할 수 없기 때문에 밀린 임금 및 퇴직금의 지급이 어려운 터라 생활이 말이 아닐 것이다.

"오너의 의지는 어때 보였습니까?"

"회장을 직접 만나 본 것은 아니지만 담당자의 말에 의하면 포기할 마음이 전혀 없다더군."

"제가 다음 주 금요일에 SG목장을 방문할 예정입니다."

"엉? 매, 매입자가 나타났나?"

난데없는 말에 갑자기 귀가 솔깃해지는 유장수다.

"예, 지금 부산에서 관광 중인데 그날 현지에서 만나기로 했습니다."

"헉! 저, 정말인가?"

"하하핫, 그럼요."

"근데 관광 중이라니?"

"아! 호주에서 온 분들이라서요."

"엉? 호, 호주에서 왔다고?"

처음 듣는 말에 유장수가 무슨 뜬금없는 말이냐는 듯한 표정을 자아냈다.

"이미 일주일 전에 와 있지요."

"헐! 벌써 그렇게 진척됐다고?"

"세 분이 왔는데 그중에 한 사람이 마크 설리번이라는 사람입니다. 그 사람은 머레이 걸번이라는 유명한 우유 회사의 임원인데, 이번 방문 목적의 의사 결정권자이기도 합니다."

벌떡. 콰당탕.

"우와! 티, 팀장님! 매각이 가, 가능할 것 같습니까?"

두 사람의 대화를 엿듣고 있던 한지원이 흥분한 나머지 급히 일어서는 통에 의자가 뒤로 굴렀다.

그럴 것이 SG목장은 한지원이 담당해 오던 물건이었기 때문이었다.

"아직은 현장을 보지 못한 상황이라 그날 가 봐야 알겠습니다. 하지만 한국에 입지 조건이 좋은 목장과 유제품 회사를 지을 만한 공장이 있다면 매입할 의지는 대단히 강한 편이라고 말할 수 있습니다."

"모, 목장이야 있다지만 공장은 아직 준비가 안 되어 있는데요?"

"공장은 목장 내에 지으면 됩니다. 문제는 연구동이 필요한데, 일전에 워크숍을 갔던 수동면의 연수원이 후보지 중에 하납니다."

"아아, 무슨…… 제지 회사 소유 말이……죠?"

안경태가 평상시처럼 말을 놓으려다가 얼른 존대로 바꿨다.

이는 오원가든에서 회식을 하면서 유장수가 사사로운 자리가 아닌 공무 중인 경우에는 친구라도 팀장에게 존대를 할 것을 주문한 데서 비롯됐다.

유장수 자신도 존대를 하겠다고 하는 것을 담용이 극구 사양한 바가 있었다.

"그래, 일송제지의 소유지."

"팀장, 그, 그…… 그 사람을 자네가 직접 섭외한 건가?"

"마침 입사하기 전에 전번 회사의 일로 호주로 출장을 간 적이 있었는데, 거기서 어쩌다가 인연이 된 것뿐입니다."

"거참, 아무튼 대단하이."

"운이 좋았을 뿐입니다."

"자넨 운도 실력에서 나오는 것 같아."

"하하핫, 아무튼 한 과장님은……."

"팀장님, 저 아직 과장 아닙니다."

"내일 7월 1일부로 과장 발령이 나는데 미리 좀 부른다고 닳습니까?"

"아, 내일이랍니까?"

"예. 그리고 7월 7일에는 저와 함께 영암에 가셔야 하니 시간을 비워 두십시오."

"아무렴요. 제가 모시고 가서 기필코 성사시키도록 하겠습니다. 그, 근데……."

"예?"

"호주 사람이라면 통역이 필요할 것 같은데요?"

"호호홋, 한 과장님, 통역은 필요 없어요."

"어? 이미 구했습니까?"

"아뇨. 우리 팀장님께서 영어에 능통하시니까 필요 없다는 말이에요."

"어? 그, 그래요?"

설수연이 우쭐하며 자랑삼아 하는 말에 모두의 시선이 담용에게로 향했다.

"그럼요. 얼마나 유창하시냐면요. 보쉬나의 사장을 녹아웃시켜서 진경물산을 단번에 매매시킬 정도의 실력파이니 얼마나 대단한지 아시겠죠?"

"으아! 팀장님이 대단하다는 건 알고 있었지만 영어까지 능통한 건 오늘 처음 알았네."

"우와! 마치 양파 같은 팀장님일세."

"자자자, 다들 그만하고 앉아 보세요. 오늘은 좀 시간이 필요한 날이라 오전을 다 보내야 합니다. 그러니 조용히 좀 해 주세요."

분분히 한마디씩 하려고 드는 팀원들을 사전에 차단시키며 다독거린 담용이 서류를 뒤적이더니 설수연을 불렀다.

　　"설수연 씨."

　　"네에!"

　　"통장을 보니 입금이 다 됐네요."

　　"네, 특히 마 회장님이 확실한 분이시더군요."

　　"그야……. 배분은 유 선생님과 의논해 주시기 바랍니다."

　　"그렇게 할게요."

　　"근데 지금 업무를 볼 때 각자의 차량을 가지고 다니지요?"

　　"네, 그렇지만 주유 영수증을 가지고 오면 연료 비용 정도는 지불해 주고 있어요."

　　"그건 당연한 겁니다. 거기에 차량의 감가상각 비용도 보태서 지불하도록 하세요."

　　"차량 감가상각 비용요?"

　　설수연이 되물을 때 팀원들의 눈이 반짝반짝 빛이 났다. 생각지도 않은 돈이 나올 것 같았기 때문이다.

　　"차량도 소모품이니 닳을 것 아닙니까? 그러니 비용을 지불해서 차후에라도 신차를 뽑을 때 보태게 하세요."

　　"하면 얼마나……?"

　　"차량의 주유 비용이 대충 얼마나 되죠?"

　　"고정적이지 않고 들쭉날쭉해요. 하지만 대체적으로 운행이 많은 편이라 대략 사십만 원 정도 들어요."

"그럼 감가상각비까지 육십만 원으로 통일하고 주유비가 더 나오는 것은 추가로 계산해서 지불하도록 하세요."

"알겠어요."

"그리고…… 장영국 대리님."

"예, 옛! 팀장님."

"자택이 평택으로 되어 있네요."

"그, 그렇습니다."

"출근 시간이 얼마나 걸립니까?"

"꼬박 두 시간은 걸립니다만……."

"최하가 하루 왕복 네 시간이겠네요."

"예."

"혹시 사무실 근처에서 다닐 수 있는 여건이 된다면 가능합니까? 아니면 달리 사정이라도……?"

"아, 아닙니다. 가능합니다."

"그러시다면……. 유 선생님."

"말씀하시게."

"부탁을 좀 드려야겠습니다."

"……?"

"도산공원 인근에 있는 오피스텔을 좀 알아봐 주십시오."

"장 대리가 쓰게?"

"겸사겸사해서 쓰려고요."

"응?"

"사실 태스크포스팀이니만치 때로는 밤을 꼬박 새워서 처리할 프로젝트가 있을 겁니다. 그래서 그때를 대비해 출퇴근으로 시간을 빼앗기기보다는 시간을 효율적으로 이용하기위한 방편으로 평수가 큰 오피스텔을 하나 마련해서 사용했으면 합니다."

"그러니까 평소에는 장 대리가 사용하고 있다가 유사시에는 팀원들이 사용하자는 거군."

"맞습니다. 대신에 최소한 방이 두 개 이상은 돼야 합니다. 장 대리님만이 전적으로 사용하는 방이 있어야 하니까요."

"맞아. 개인의 프라이버시는 존중이 돼야겠지. 알겠네. 하면 누구 이름으로 얻지?"

"전세든 월세든 유 선생님 앞으로 하세요. 이왕이면 풀옵션으로요."

풀옵션이란 냉장고, 세탁기, 에어컨은 물론 TV, 침대, 책상 등을 모두 갖추고 있는 집을 말한다.

달리 말하면 입을 옷과 이불만 가지고 들어가면 생활하는데 이상 없는 집인 것이다.

"알았네. 근데 왜 이 근처로 구하지 않고 도산공원 근처에서 구하려고 하는 건가?"

"아, 그건……. 하루 종일 근무하느라 그러지 않아도 지긋

지긋한데 퇴근해서까지 사무실 근처에 있어야겠습니까? 도산공원 인근이라면 거리도 적당히 떨어져 있는 데다 공기도 좋고 또 가끔 나와서 바람도 쐬면서 산책을 할 수도 있으니 좋지 않겠습니까?"

"그렇긴 하군. 알았네. 내 오늘 내로 조치하겠네."

"장 대리님, 어때요? 괜찮죠?"

"예, 감사합니다."

"그럼 이따가 유 선생님과 같이 움직이도록 하세요."

"알겠습니다."

"에……. 다음은 여러분께……."

디리리. 디리리리…….

담용이 다음 말을 이어 가려던 차에 책상 위에 올려놓았던 휴대폰이 울리면서 미끄럼을 탔다.

'엉? 배 선배가 웬일이지?'

"아, 잠시만요."

팀원들에게 양해를 구한 담용이 별도의 자리가 없는 관계로 입을 가리고 통화를 했다.

"배 선배님, 육담용입니다."

─여어! 바쁜데 전화한 것 아냐?

"예, 회의 중이긴 합니다만 잠시 동안은 괜찮습니다."

─그렇다면 미안하군. 그럼 짧게 통화하고 끊지. 일전에 부탁했던 여수 친구에 관한 건데…….

"아! 찾았습니까?"

―그래. 신학성 중사라고……. 넌 모를 거다. 네가 입대하기 전에 제대를 했으니까.

"지금 고향에 있습니까?"

―배를 타고 있더군.

"호, 어부예요?"

"부친이 배를 가지고 있었으니 물려받았지.

"가업이로군요."

―5년 동안의 특전사 생활이 유일한 외도가 될 것이라고 했던 친구였으니까. 그래도 그 말을 그대로 실천할 줄은 몰랐다.

"직접 연락이 된 겁니까?"

―집으로 연락을 계속했었는데 고기잡이를 나가서 어제야 들어왔다더군. 그래서 늦었다.

"괜찮습니다. 제 이야기를 했습니까?"

―했지.

"그랬더니요?"

―군대 후배가 온다면 출항을 늦출 수도 있다고 하더라.

"그렇게까지……."

―그놈이 원래 그런 성격이다.

"알겠습니다. 참, 사건은 해결됐습니까?"

―아이구, 말도 마라. 아직도 미궁이다.

"아무튼 알겠습니다. 이따가 점심때 해장국집에서 만날까요?"

—어, 그래. 그때 보자.

"참! 잘되고 있죠?"

여주인과의 사이를 묻는 말이다.

—흐흐흐, 네 덕분이다. 이따가 점심 사마.

"예, 그때 뵙죠."

탁!

전화를 끊은 담용이 자신에게 쏠려 있는 시선을 느꼈는지 곧바로 입을 열었다.

일고의 의문도 재기할 새를 주지 않으려는 담용의 순발력이다.

"흠흠, 다음은 여러분께 뭘 좀 물어보도록 하겠습니다."

"……?"

"여러분 중에 요즘 많이 회자되고 있는 화의신청이나 워크아웃 그리고 법정 관리라는 용어에 대해 확실하게 알고 계시는 분이 있으면 손을 들어 봐 주십시오. 아, 유 선생님은 제외하고요."

"……."

금융계 출신인 유장수야 당연히 알고 있는 용어였으나 팀원들은 대충은 알고 있는 눈치를 보이고는 있어도 확실하게 알고 있지는 못했던지 모두들 아무런 말이 없다.

그도 그럴 것이 사실 IMF 환란이 시작된 이후 정부의 강제적 요구에 의해 각 기업들이 구조 조정에 들어가면서부터 각종 매스컴들이 근래에 들어 가장 많이 떠들어 대는 용어들이다.

하지만 해당 사항이 없는 사람들은 잘 알지 못하는 용어들인 데다 먼 나라 얘기같이 들려 도통 관심이 없었다.

부동산 중개업자들 역시 관련이 없는 부류나 마찬가지인데다 거기에 따른 교육을 받은 바도 없었다.

설사 관심이 있다고 하더라도 세 가지 용어에 해당하는 기업에서 비업무용 자산을 맡길 만한 역량을 갖추지 못하고 있는 중개업자들인지라 그림의 떡이나 진배없었다.

그러나 KRA같은 부동산 전문 회사라면 얘기가 다르다. 타 회사와의 경쟁력만 갖춘다면 기업의 비업무용 자산들을 턴키 방식으로 전속계약을 할 가능성이 많았다.

여기서 턴키 방식이란 현장 답사에서부터 가치 평가에 이은 매수자 서베이 혹은 매각 공고 등을 통해 빠른 시일 내에 처분함으로써 경색된 자금을 해결해 기업을 위기에서 벗어나게 해 주는 것을 말한다.

담용은 팀원들이 더 무안해지기 전에 재빨리 입을 열었다.

"매스컴에서 워낙 떠들어 대니 대충은 알고 있으리라 봅니다만, 이제부터는 TF팀의 일원으로서 보다 확실히 알고 업무에 임할 필요가 있어 언급하는 것입니다. 이유는 앞으로 매물로 나오는 기업들의 자산이 대부분 구조 조정에 의해 비업무용으로 판단된 부동산들이기 때문입니다. 고로 용어에 대한 정확한 이해가 있어야만 대처를 하기 쉽고 또 빠를 것이라 여겨집니다. 그래서 남은 오전 시간은 세 가지 용어에 대해 개괄적으로나마 설명을 해 드리려 합니다. 보다 깊은 공부가 필요한 사람은 별도로 공부를 하셔서 전문가적 견해를 지니시기 바랍니다."

스윽.

담용이 자리에서 일어나 이동식 화이트보드로 다가가더니 전용 펜으로 세 가지 용어를 쓰고는 입을 열었다.

"먼저 워크아웃workout부터 설명하지요. 요약해서 말하면 기업의 재무 구조 개선 작업이란 의미입니다. 즉 부도로 쓰러질 위기에 처해 있는 기업 중에서 회생시킬 가치가 있는 기업을 살려 내는 작업을 말합니다."

탁탁.

담용이 강조하듯 '워크아웃'이라고 쓴 글자를 펜으로 두들기고는 말을 이었다.

"잘 아시다시피 기업이란 것이 자기 돈으로만 사업하는 예가 거의 없다고 본다면 모두 빚을 지고 있다는 얘깁니다. 그런데 기업을 운영하다가 자금이 어려워져서 도저히 빚을 갚지 못하게 됐을 때 우리는 부도가 났다고 합니다. 그러나 부도가 나기 전에 워크아웃 개시를 신청하게 됩니다."

여기까지 말한 담용이 안경태와 눈을 맞추더니 말을 계속 이었다.

"그럼 어떤 이유로 또 어디다가 하느냐? 이유는 바로 재무 구조 개선과 경영 정상화를 위해 필요하다고 하면 되는 것이고, 주 채권 은행이나 채권 금융기관 등에 워크아웃 개시 신청을 했다고 공시를 하면서부터 비로소 시작되는 것입니다. 물론 기업에서 앞뒤 다 재 보고 신청한 것이겠지만, 신청한다고 해서 다 되는 건 아닙니다."

뚜벅뚜벅.

팔짱을 낀 담용이 1조 조원들이 있는 곳으로 걸어가면서 말했다.

"주 채권 은행이나 여타의 채권자들, 즉 해당 기업에 채권이 있는 금융기관들의 모임을 채권단 협의회라고 합니다. 이 채권단 협의회에서 기업을 정밀하게 실사하게 되는데, 기술력이나 종업원들의 능력이나 기타 여러 면으로 봤을 때 다시 살아날 가능성이 충분하다고 판단되면 그 기업을 그냥 망하게 놔두어 돈을 떼이기보다 채권자들이 긴밀히 협력해 다시 살아날 때까지 도와서 정상화가 되면 그때 돈을 회수하는 방식이 바로 워크아웃인 겁니다. 즉 쉽게 말해서!"

휙!

출입문 앞까지 간 담용이 빠르게 돌아섰다.

"쉽게 말하면 돈만 막아 주면 성장할 기업이 워크아웃 대상인 거지요. 생각을 해 보십시오. 수출이 잘되어 직원도 많이 뽑고 투자를 늘렸는데, 갑자기 일시적인 이유로 인해 수출이 막혔다면 어떻게 될까요? 열심히 일하고도 기업은 어렵게 되겠지요. 이럴 때 다른 회사나 은행으로부터 빌린 빚과 이자를 갚을 수 없게 되면 도산할 위기에 빠지게 됩니다. 이때 자금을 빌려 준 은행이 대출금 상환 기일을 늦추거나 탕감해 주고 나아가 신규 자금까지 더 빌려 주어 위기를 넘기게 도와주면 아무 이상이 없을 회사가 바로 워크아웃 대상이 되는 겁니다."

뚜벅뚜벅.

다시 화이트보드 앞으로 다가간 담용이 법정 관리라고 써 놓은 글자를 툭툭 쳤다.

"다음은 법정 관리에 대해 설명하겠습니다. 통상적인 절차야 M&A까지 간다면 무척이나 복잡하지만, 우린 거기까지 알 필요가 없으니 간단하게 설명하도록 하겠습니다. 그러니까 기업이 아무리 해도 도저히 자체적으로는 빚을 갚지 못할 것이라 판단되어 법원에 호소하게 하게 되는데, 법원이 판단했을 때 회생 가능성이 보이는 경우 법원의 결정에 따라 법원이 정한 관리인이 자금 및 기업의 전반적인 일에 대해 일정 기간 동안 대신 관리하게 되는 제도를 말합니다. 이것을 또한 기업 회생이나 법인 회생으로 부르기도 합니다. 그런데!"

다음 말을 이어 가기 위해 또다시 마지막 단어에 강조성을 발한 담용이 이번에는 2조 조원들의 자리로 걸어갔다.

"법원이 돈을 빌려 준 기관도 아니고 또 돈을 빌린 기업도 아닌 관리만을 맡게 된 상태이다 보니 전문가, 즉 제3자를 지정해 그 사람으로 하여금 기업의 자금 및 기업 활동 전반을 경영 관리하게 하여 기업의 정상화를 찾는 방법인 것입니다. 이때 법정 관리에 들어간 기업의 경영주는 확정된 그날로부터 경영권이 완전히 박탈되어 아무런 권한이 없어지고, 아울러 법정 관리에 들어가는 즉시 그 기업의 모든 채권과 채무 일체가 정지됩니다."

휙!

출입문까지 걸어간 담용이 다시 돌아섰다.

"채무가 정지되면 기업은 한결 가뿐하게 정상화의 길로 달음박질을 칠 수 있겠지만, 돈을 빌려 준 채권자의 입장에서는 고통을 감수할 수밖에 없겠지요. 그런데 만약 법원이 법정 관리 신청을 기각하게 되면 어떻게 될까요?"

"망하게 됩니다!"

"어? 안 대리가 맞혔군요. 바로 파산 절차를 밟게 되는 것입니다. 자, 여기서 잠시 정리를 해 보지요."

스윽. 스윽. 스윽.

담용이 '워크아웃'과 '법정 관리'란 두 용어를 한데 묶느라 몇 번이나 원을 그려 댔다.

"이 두 용어의 차이를 간단히 정리해 보죠. 워크아웃은 채권자 스스로가 협력해 그 기업을 살려서 채권을 회수하는 것이라면, 법정 관리는 기업의 회생 여부 판단을 법원에 의뢰하고 또 법원의 판단에 의해 기업을 정상화해 채권을 회수시키거나 혹은 파산 절차를 통해 채권을 정리하는 것을 말한다고 할 수 있겠습니다. 여기까지 이해가 됐다면 다음은 화의에 대해 말씀드리겠습니다."

툭툭.

"화의는 일면 법정 관리와 유사한 면이 있습니다. 일단 법정 관리나 마찬가지로 법원이 개재되니 말입니다. 자, 설명하겠습니다. 화의란 파산 예방을 위한 제도라고 할 수 있습니다. 즉 어떤 기업이 부도 위기에 몰리면 법원의 중재와 법원의 감독 아래 돈을 빌려 준 금융기관들과 협정을 맺고 빚을 언제까지 어떻게 갚겠다는 식으로 상환 계획서를 제출합니다. 그러곤 화의를 신청한 경영주가 계획대로 잘 실천해서 기업이 회생하는 겁니다."

쑤욱.

송동훈이 손을 번쩍 들었다.

"팀장님, 여기서 질문을 한 가지 해도 되겠습니까?"

"좋습니다. 송 과장님, 말씀하십시오."

"결국 화의와 법정 관리의 차이가 경영권을 박탈하고 하지 않고가 되는 건지요?"

"그렇습니다. 앞서 언급했듯이 둘 다 법원이 개입하여 기업을 회생하는 절차지만 법정 관리는 해당 기업 경영주의 경영권을 박탈하고 법원이 전문 경영인을 내세워 기업 회생을 꾀하는 반면 화의는 해당 기업의 경영주가 경영권을 계속해서 행사할 수 있다는 점에서 명백한 차이가 있다고 보면 됩니다."

"잘 알겠습니다."

"안 대리님은 질문이 없습니까?"

"이, 있습니다."

"뭡니까?"

"저기……. 화의와 법정 관리의 차이는 방금의 설명으로 알겠는데, 워크아웃과 법정 관리의 차이가 좀 애매합니다. 다시 설명을 좀……."

"이해합니다. 자주 접하지 않는 용어이고 또 관련이나 연관성이 없다 보니 조금은 헷갈릴 거라 여겨집니다. 그렇다면 보다 쉽게 설명해 보지요. 멀리 갈 것도 없이 우리 사무실 앞의 삼성역사거리를 한번 예를 들어 보지요. 잘 알다시피 참으로 복잡한 곳입니다. 특히 러시아워만 되면 차량들의 정체가 말도 못하지요. 흔히 일어나는 일이 자동차들이 서로 가겠다고 얽히고설켜 되레 꼼짝도 못하는 일이 다반사로 일어나는 곳이죠. 교통을 소통시키기는 해야겠는데 누구 하나 나서는 사람이 없습니다. 고로 제일 답답한 사람이 누구겠습니까?"

"태, 택시 운전삽니다."

"하핫, 맞습니다. 안 대리님의 말대로 사납금을 내야 하고 일당도 벌어야 하는 택시 운전사가 제일 답답하지요. 그래서 보다 못한 택시 운전사들이 발 벗고 나서서 교통정리를 함으로써 소통이 이루어졌습니다. 이 경우처럼 이해관계자들이 사태를 해결하기 위해 앞장서서 정리한 것이 바로 워크아웃입니다. 반면에 택시 운전사들이 교통정리를 해도 운전사들이 말을 안 들어 먹습니다. 즉 운전자들이 푸른 신호등이니 내가 먼저 가야 한다며 택시 운전사들이 수신호를 보내는데도 말을 안 들으니 교통소통이 될 리가 없지요. 결국 하는 수 없이 경찰에 신고하여 교통 경찰관들이 출동해서야 소통이 됐습니다. 즉 이해관계자들이 나서서 해결하려고 해도 말을 안 들어먹으니 공권력이 나설 수밖에 없는 이 상황이 법정 관리라고 보면 되는 것이지요. 안 대리님, 이제 이해가 갑니까?"

"와아! 그렇게 예를 들어 주니까 귀에 쏙쏙 들어옵니다. 감사합니다!"

"이제 다 끝났는데…… 다른 분들은 어떤지요?"

"충분히 이해가 갔습니다. 잘 배웠습니다, 팀장님."

"그래요, 팀장님. 정말로 명강의였어요. 중개 협회에서 강의한 것처럼 정말 멋졌다구요, 호호호……."

송동훈에 이어 설수연이 호들갑을 떨며 엄지손가락을 추켜세웠다.

"하하핫, 감사합니다."

"저, 완전 팀장님의 광팬인 거 있죠?"

"어허, 그런 말을 하다가 송 과장님 마음 상하면 어쩌시려고……?"

"호호홋, 그런 걸 가지고 따질 정도로 쪼잔한 사람이 아니니까요."

"하하하……."

크게 웃어 젖힌 담용이 손목시계를 봤다. 열두 시가 코앞이다.

'이크, 늦겠다.'

급히 서류를 챙길 때 유장수가 어깨를 쳐 왔다.

툭.

"……?"

"역시 팀장일세. 최고야."

"별말씀을요."

"아까 점심 약속을 하는 것 같았는데……. 같이 못 먹겠군."

"예, 나가 봐야 해서요."

"할 수 없지. 이따가 보세."

"예. 자 자, 모두들 점심 식사들 하시고 각자 볼일을 보셔도 좋습니다."

"수고하셨습니다."

"수고하셨어요."

스피리츄얼 커뮤니언

"어머나! 어서 오세요."

식당 안으로 들어서는 담용을 본 여주인이 쪼르르 달려와 살갑게 인사를 해 왔다.

"예. 잘 계셨죠?"

"그럼요."

"선배님은요?"

"호호홋, 저쪽에 이미 와 계세요."

주인 여자가 가리킨 곳은 격자창 무늬로 된 야트막한 칸막이가 사방을 가로막은 구석진 곳이었다.

'후후훗, 전번에는 없었는데.'

대충 짐작이 갔다.

배수철이 식사를 하러 오는 시간만큼은 누구의 눈치를 볼 것 없이 두 사람만의 오붓한 시간을 가질 수 있도록 공간을 마련해 놓은 것이다.

담용은 여주인을 따라가면서 참으로 유아적인 요소를 보고는 늦바람이 무섭다는 것을 실감했다.

"수철 씨, 후배분이 오셨어요."

"어! 어서 와라."

조간신문을 보고 있던 배수철이 얼른 옆으로 치우며 담용을 반겼다.

'후후후, 수철 씨라…….'

다정한 음색으로 부르는 모습을 보니 며칠 사이에 장족의 발전을 한 것 같은 둘 사이의 분위기다.

'뭐, 어쨌든 기분은 좋다.'

"일찍 오셨네요."

"아냐, 나도 방금 왔어. 앉아."

"예."

"여기 해장국 두 그릇……. 아니 자기 것까지 아예 세 그릇을 가져오는 게 좋겠네."

"호호호, 저까지 겸상하게요?"

"뭐 어때? 중매쟁인데."

"맞는 말씀이네요. 점심을 안 하셨다면 같이하시죠."

"호호홋, 말씀은 고맙지만 지금 한창 바쁠 때라서요. 잠시만……. 아! 마침 가지고 오네요."

"호호호, 우리 도사님이 오셨네?"

일전에 관상을 봐 준 홀 아주머니였다.

"아, 예. 안녕하셨지요?"

"그럼요. 자, 맛있게 드시고 모자라면 말하시구려."

"예, 감사합니다."

"그럼 맛있게 드세요. 그리고 언제든 부르시고요."

"예."

"그럼……. 아이구. 배 선생님, 어서 오세요!"

주인 여자가 막 들어서는 손님을 보고는 홀 아주머니와 함께 자리를 벗어났다.

"그 나이에 자기라는 호칭은 좀 간지럽지 않습니까?"

"뭐 어때서? 난 좋기만 하구만."

"쿠쿠쿡, 그렇군요. 하긴 여태 못 들어 본 호칭이니 실컷 즐겨도 됩니다."

"히히히, 그렇지? 역시 네가 내 마음을 알아주는구나. 옜다. 신학성 중사의 전화번호와 주소다."

배수철이 메모지를 탁자 위에 기분 좋게 올려놓더니 말을 이었다.

"네 이야기를 충분히 해 놨으니 가서 연락만 하면 돼. 그리고 사람을 해치는 일만 아니면 뭐든 도와주겠다고 했으니까 신세 지는 김에 팍 져도 될 거다."

"고맙습니다, 선배님."

"오늘이라도 언제 가겠다는 연락은 해 줘라. 그래야 출항을 하지 않을 테니까."

"알겠습니다."

"어서 식사해."

"예. 근데 전번에도 눈 주위에 다크서클이 잔뜩 내려앉아 있더니 오늘도 여전하네요."

"그야 직업 때문이니 어쩔 수 없지. 나만 그런 것도 아니고……."

"도대체 어떤 사건이기에 얼굴에서 피곤이 가시질 않는 겁니까?"

"왜? 네가 도와주려고?"

"못 도와줄 것도 없지요."

"풋! 객쩍은 소리하지 말고 밥이나 먹어."

가소롭다는 듯이 설핏 웃음을 날린 배수철이 뚝배기에 밥을 말았다.

"혹시 압니까? 선무당이 사람 잡을지요. 그 왜…… 지난번 지문 사건처럼 말입니다. 글고……."

담용의 시선이 부지런히 서빙 중인 주인 여자에게 머물렀다가 돌아왔다.

"생총각으로 늙어 죽을 사람을 구해 주기도 했잖아요."

해장국 주인 여자와 가연을 맺은 준 일을 가지고 하는 말이다.

그렇게 말한 담용도 밥을 말더니 한 숟가락 떠서 입으로 가져갔다.

"인마, 지금 고사리손이라도 빌려야 할 만큼 정신없이 바쁜 건 사실이지만, 네게 부탁을 하려고 해도 수사에 '수' 자도 모를 것 같으니까 그러지."

"후후후, 어째 제게는 꼭 지푸라기라도 잡고 싶은 심정이라는 애원처럼 들리는데요?"

"후우! 아닌 게 아니라 모두들 죽을 맛이다. 이러다가는 단체로 과로사하게 되는 건 아닌지 모르겠다."

"대체 어떤 사건인데 그래요? 말이라도 좀 해 보세요."

"후우, 오피스텔 살인 사건인데 이게 아무리 수사력을 모아 봐도 도통 아귀가 맞질 않아 미치겠다."

"아귀가 안 맞다뇨? 무슨 말입니까?"

"너……. 이런 건 관상으로 풀 수 없냐?"

"에? 누구 관상요?"

"죽은 사람의 관상을 보고 사건을 해결하는 거 말이다."

"참내……. 죽은 사람 관상은 봐서 뭐합니까?"

"혹시 알아? 관상을 보면 범인이 누군지를 알 수 있지 않을까 해서지."

"풋! 그런 게 있으리라고 확신하고 묻는 건 아니겠지요?"

"알아. 그만큼 답답해서 하는 소리다."

뭐, 농으로 한 말이겠지만 부서의 처지가 그만큼 갑갑하고 절박하다는 뜻이다.

　"흠, 일단 반드시 지켜야 할 비밀이 아니라면 좀 풀어 놔 보실래요?"

　"왜? 소설이라도 써 보려고?"

　"제게 글 쓰는 재주가 없다는 건 아시잖아요? 그렇지만 바둑도 대국하는 당사자들보다 옆에서 구경하는 사람이 더 잘 본다고 하지 않습니까?"

　"그거야 바둑을 웬만큼 두는 사람이 봐서 그런 거지. 이런 경우는 옆에서 구경한다고 훈수를 두듯이 조언할 수 있는 성질이 아니지."

　"그래도 혹시 압니까? 거 왜 너무 한 가지에만 몰두하다 보면 자기도 모르게 그 틀에 갇혀 사고방식이 한쪽으로만 굳어지고 응용력도 현저히 저하된다는 이론 말입니다."

　"그래서 서로 크로스 체크까지 하며 별짓을 다 해 봤다. 그래도 오리무중인 걸 어떡하나?"

　"확실히 누군가에게 살해된 건 맞지요?"

　"그러니까 범인을 찾으려고 애쓰는 것 아니냐?"

　'흠, 누군가의 소행이라면 차크라chakra로 시험해 볼 게 있는데……. 가능한지 모르겠군.'

　담용은 언제부턴가, 아니 정확히는 미래의 삶이 과거의 유산이 되어 버린 그 시점에서부터 자신의 내부에 주인인 양

떡하니 똬리를 틀고 있는 미지의 기운이 지닌 효용 중 한 가지를 써 볼 생각을 했다.

아, 차크라!

이는 담용이 미지의 기운에 뭔가 이름이 있어야 할 것 같아 우여곡절 끝에 산스크리트 용어인 '차크라'라고 명칭을 부여한 것이다.

하지만 그냥 막무가내로 갖다 붙인 건 아니었다.

기실은 지난 삶에서 차크라에 대해 잠시 들여다본 적이 있어서 정한 것이지만 그 근거는 충분히 일리가 있었다.

그 근거란 다름이 아니다.

우리 몸에 혈액이 흐르는 통로를 혈관이라고 부르듯이 에너지가 흐르는 통로를 나디nadi라고 하고 그 에너지들이 모이는 장소는 차크라라고 하는 데서 연유했다.

담용은 최근 급속도로 차오르고 있는 미지의 기운, 즉 차크라로 애니멀 커맨딩과 유사한 스피리츄얼 커뮤니언(spiritual communion : 영적 교감)을 시도해 볼 생각인 것이다.

이유는 작금의 경지가 생각보다 높다고 여겨진 데서 기인했다.

쉽게 풀이해서 말하자면 눈에 보이는 것은 몸인데 그가 작심하고 볼라치면 상대의 마음까지 엿볼 수 있는 경지에 이르렀단 말이다.

즉 동전의 앞면만 봐도 뒷면을 유추할 수 있듯이 몸과 마음이 서로를 등에 업고 끊임없이 주고받고 있다는 걸, 몸과 마음이 분리된 것이 아니라 연결 선상에 있음을 깨닫게 된 것이라 하겠다.

일전에 달마상법이라고 핑계를 대며 관상을 봐 줄 때처럼 타인의 생각을 살짝 읽듯이 말이다.

그런고로 영적 교감을 시도해 직접 범인이 누군지를 확인해 보지 않을 수 없었다.

"뭔 생각을 그리 골똘히 하냐?"

"아, 만약에 말입니다."

"만약에 뭐?"

"사건의 단서가 될 만한 결정적인 뭔가를 선배님이 가지고 간다고 가정했을 때 돌아오는 반대급부 같은 게 있습니까?"

"진급 시 참작이야 되겠지."

"참작요? 고작?"

"그럼 공인이 뭘 더 바래?"

"저는 이번 사건……. 선배님이 해결하게 되면 확실히 진급할 수 있느냐고 묻는 겁니다."

"그야 지난번의 공로도 있으니 충분히 가능하지. 왜? 저번처럼 해결해 주게?"

"쳇! 사건에 대해 입도 벙긋 안 하는데 무슨 재주로 해결해 주겠습니까?"

"하하핫, 내가 말해 주면 금방이라도 해결해 줄 것처럼 말하는구나."

"하하 그거야 알 수 없는 일이지요."

"흠흠, 어차피 갓난아기의 머리라도 빌려야 할 처지니 얘기해 주마. 뭐, 오죽하면 반장님이 약간의 힌트라도 얻어 오는 사람에게 1년 내내 술을 사 주겠다고 상금을 걸었겠냐. 흠, 그러니까…… 이거 어디서부터 이야기해야 하나?"

"발견 당시부터 해 주셔야죠."

"끙, 아무래도 그래야 되겠지."

"그럼요."

"아까도 말했지만 관할 내에 소재한 오피스텔에서 40대 초반의 여인이 살해된 사건이야. 발견자는 여인의 남동생이고. 여인은 발견 당시에 손과 발이 묶인 채 장롱 속에 욱여져 있더군."

"남동생에게는 혐의가 없었겠군요."

"응, 우리 수사팀은 범인이 시신이 발견되는 것을 늦추기 위해 장롱 속에 넣어 둔 것으로 판단하고 있어."

"전업주부입니까?"

"아니, 인근에서 소주방을 운영하고 있더군."

"발견 당시에 손과 발이 묶여 있었다고 하셨는데, 그 재료가 뭐였습니까?"

"스타킹과 실타래를 이용했더군. 손으로 목을 조른 후 스타킹 등으로 다시 한 번 목을 조른 듯했어."

'스타킹, 실타래…….'

나름대로 필요하다고 여겨 범행에 쓰인 도구를 되뇌던 담용이 얼른 물었다.

"손으로 조른 게 확실합니까?"

"확실해. 그리고 배꼽 위에 6cm 정도 칼에 베인 상처가 있었어. 상처를 낸 칼은 피를 묻힌 채 싱크대 위에 놓여 있었지."

"당시 사망 시간은요?"

"직장 온도를 통해서 대략 계산한 시간은 48시간 전으로 나왔어. 아! 지금부터 7일 전이니 이제 9일이 지난 셈이지."

"이렇게 무더운 날이라면 이틀이라도 부패 정도가 심했겠는데요?"

"그렇지. 사망 시간을 찾아내는 연구가 백 년 역사를 자랑하지만, 그 같은 변수 때문에 여전히 미완의 단계로 남아 있는 거지. 우린 사망 시간을 그렇게 추정하고 수사 중이야."

"흠, 그래서요?"

"근데 여느 살인 현장과 달리 너무 깨끗했어. 다만 손님이 왔었는지 방바닥에 과일 접시와 두 개의 방석이 놓여 있었지. 그런데 어디에도 외부 침입의 흔적이 없는 거야."

"방문자가 있었다고 본다면 면식범일 확률이 농후한데요?"

"우리도 그렇게 여기고 수사를 해 왔지. 더욱이 시가 이백만 원 상당의 다이아몬드 반지를 빼 가지 않은 것도 그런 확신을 뒷받침했고 말이야."

"감식반에서는 뭐라고 했습니까?"

매스컴의 발달로 인해 일반인이라도 충분히 알고 있는 부서였고 또 물어볼 수 있는 말이었다.

"뭐, 거두절미하고 말하자면 현장에서 확인된 DNA는 모두 세 가지였어. 첫 번째는 이불에서 나온 것으로 죽은 여인의 애인 김 모 씨였는데, 사건 전날에 만나 헤어진 후로 만나지 않았다는 거야. 조사를 해 보니 사건 당일의 알리바이가 확실하더군. 또 하나는 죽은 여인의 것임이 확인됐는데, 나머지 하나가 밝혀지지 않았지. 그래서 소주방의 단골이나 이웃집 남자 등 무려 100여 명을 상대로 조사를 벌였지만 나머지 한 개의 DNA와 일치하는 사람이 없었어."

"지문은요?"

"지문 감식 결과도 신통치 않아서 고작 이틀 만에 사건을 원점으로 되돌렸지. 그때 통신 회사에 의뢰한 휴대폰의 통화 기록 결과가 나온 거야."

"그, 그래서요?"

"우리 수사팀은 사건이 났던 날 오전 아홉 시 십삼 분에 천호동에서 걸려온 공중전화에 주목했지. 죽은 여인의 마지막 통화였으니까. 죽은 여인과 2분 13초 동안 통화를 한 범인이 같은 장소에서 연달아 두 통의 전화를 더 걸었더라고.

통신 회사의 협조를 받아 해당 통화 내역을 따라가 봤더니 천호동의 일반 주점과 종로의 한 단란주점이더군."

"세 군데 모두 술집이군요."

"그래. 뭔가 공통점이 있겠다 싶어서 수사를 해 봤더니 세 주점이 공히 정보지에 구인 광고를 냈다는 거야."

"아! 하면 일자리를 구하는 사람일 수도 있겠네요. 그것도 여자가요."

"우리 생각도 그거야. 근데 면접을 보았던 주인들이 하는 얘기가 선뜻 고용하기가 별로 내키지 않더라는 거야."

"딱히 이유도 없이요?"

"응, 꼬집어서 말할 만한 꼬투리도 없이 말이야."

"못생겼대요?"

"아니, 오히려 늘씬하고 예쁜데도 꺼려지더라고 하더군. 그러다 마침 종로의 단란주점에서 증거가 될 만한 걸 찾았지."

"뭔데요?"

"면접 보러 온 여자가 손댄 찻잔이지. 마침 홀에 손님이 있었던 때라 별실에서 잠깐 면접을 보고는 일이 바빠서 우리가 갈 때까지 치우질 않았다고 하더군."

"아깐 지문을 찾지 못했다고……?"

"맞아. 어쩐 일인지는 몰라도 거기 찻잔에도 지문은 없었어. 단지 립스틱 자국만 살짝 묻어 있었을 뿐이었으니까.

뭐, 바짝 마른 상태이긴 했지만 오랜만에 한 건 해낸 기분이었지."

'립스틱? 이건……. 가능하지 않을까?'

방금 전에 말했던 스타킹이나 실타래보다는 훨씬 감응이 잘될 것 같은 재료라는 감이 왔다.

"유전자 감식을 해 봤을 것 아닙니까?"

"물론이지. 근데 그것도 전과자 중에 그런 전례가 있어야 찾아볼 것 아니냐고?"

"아! 하긴……. 한 명도 없었습니까?"

"이십칠팔 세쯤으로 보이더라고 해서 30세 전후의 여자를 전부 조사해 봤지만 말짱 꽝이더군."

"하면 그걸로 끝입니까?"

"뭐, 미궁으로 남을 때까지 포기할 수야 없지만 현재 몽타주를 만들어 탐문하는 것 외에는 달리 방법이 없는 셈이지. 또 범인이 아닐 수도 있어 매스컴의 협조를 바랄 형편도 못되고 말이야."

"그럼 기껏 찾았다고 하더라도 립스틱의 주인공이 범인이 아니라면 시일만 허비한 꼴이 될 수도 있겠네요?"

"그런 셈이지."

"그 외 수사 선상에 있는 용의자는 없고요?"

"CCTV 같은 것도 조사해 보고 탐문도 해 보는 등 다방면으로 수사를 하고는 있지만 별 소득이 없어."

"오피스텔에 설치되어 있는 건 어땠는데요?"

"안타깝게도 먹통이었어."

'하긴······. 감시 카메라의 중요성을 아직 인지하지 못할 때니까 그럴 수도 있겠군.'

아직은 관공서나 공공기관 혹은 중요 도로 등이 아니면 감시 카메라가 그리 많이 설치되어 있지 않은 시기였다.

"저기······. 립스틱이 묻은 찻잔 말입니다."

"응, 왜?"

"제가 볼 수 있을까요?"

"푸헐! 국립과학수사연구소에 있는데 당장 어떻게 본다고 그래? 또 원한다고 해서 쉽게 볼 수 있는 것도 아니고."

"그 정도는 저도 압니다. 그런데 어쩌지요?"

"뭐가?"

"제가 그 립스틱이 묻은 찻잔을 보기만 하면 범인의 윤곽이 드러날 것 같은데 말입니다."

"뭐? 그거······. 말 안 되는 소린지 알고 하는 말이지?"

"천만에요. 저는 지금 배 선배님이 빨리 경위로 진급해서 곧장 결혼할 수 있는 조건을 만들어 드리기 위해 애를 쓰고 있는 건데요?"

"어? 너······ 표정을 보니 진정인 것 같은데 진짜로 말하는 거냐?"

"그럼요. 제가 비싼 밥 먹고 할 일 없이 그런 말을 하겠어요?"

"흐흠, 조, 좋다. 찻잔을 네게 가져다줬다고 치자. 어떻게 할 건데?"

"그건 저만이 아는 비밀이니 터치할 생각은 하지 마시고 가져오는 것이 가능한지만 말씀하시지요."

"뭐……. 어차피 증거물로는 무용지물이 된 상태이니 가져오는 거야 가능하지. 단지 절차가 좀 까다로워서 그렇지."

"저는 순전히 배 선배님이 신학성 중사님을 소개해 주신 보답으로 진급을 시켜 드리려는 것이니, 좋든 싫든 마음대로 하세요."

탁!

"어허! 잘 먹었다."

담용이 수저를 놓더니 물을 한 모금 마시고는 입가심을 했다. 그 짧은 시간 동안 배수철은 잠시 갈등했다.

담용의 말대로 응하느냐 마느냐를 두고 갈등을 하는 것이지만 슬며시 마음이 동했다. 이유는 담용에게 달마상법의 대가가 빙의되어 있음을 알기 때문이다.

과학적으로 증명해 보이는 것이야 어렵겠지만, 용의자가 압축되는 것만으로도 엄청난 도움이 될 수 있을 것이다.

그리고 지금은 딱히 길이 보이질 않아 미결로 남을 징조가 보이는 사건이었다. 고로 소용이 없어진 증거물을 가져오는 것이야 절차만 밟으면 그리 어렵지 않았다.

그러나 한 가지 걸리는 것이, 배수철의 독단으로는 어려워 반장인 최호철의 허락이 반드시 필요하다는 점이었다.

 그렇게 되면 동료들이 관여하는 것은 시간문제다.

 하지만 자신이 욕심을 버리면 일은 순리적으로 풀어 갈 수 있었다.

 '제엔장. 될지 안 될지도 모르는 일에 미리부터 욕심을 부리려는 내가 멍청한 놈이지.'

 독식할 욕심을 버리기로 한 배수철이 결심을 했는지 입을 뗐다.

 "확률은 어때?"

 "반반입니다."

 "반반이라고? 화, 확실해?"

 "틀림없이요."

 "흠, 그렇단 말이지."

 수사상으로 보면 엄청나게 높은 확률이다.

 그렇지만 뒤집어서 생각하면 도 아니면 모라고도 할 수 있는 확률이었다.

 "확률이 50퍼센트라면 그걸 토대로 수사 범위를 확대하면 가능성은 더 높아질 수 있는 거냐?"

 "'아뇨. 예스냐, 노냐 둘 중 하납니다."

 수사 범위보다는 범인을 지목하느냐 못 하느냐 하는 직접적인 문제라는 의미다.

"쿵, 둘 중 하나로군."

"하하핫, 명쾌하고 좋잖아요?"

"지랄. 어쨌든 증거물을 가져오려면 나 혼자 힘으로는 어렵고 반장님의 허락이 반드시 있어야 한다. 같이 와도 되겠냐?"

"상관은 없지만 제가 하는 작업을 보여 줄 수는 없습니다."

"그거야 증거물 손상만 없으면 간섭하겠어?"

"그럼 어서 가지고 오세요."

"젠장. 내가 직접 신월동까지 갔다 와야겠군."

국립과학수사연구소가 신월동에 위치해 있어서다.

한정 없이 눌러앉아 있을 것 같았던 배수철이 무거운 엉덩이를 털고 일어서면서도 종내 의심이 가시질 않는지 확인하듯 다시 물었다.

"너…… 정말 자신 있는 거지?"

"거참 반반이라니까 자꾸 그러시네."

"알아, 인마, 반반인 거. 하지만 반장님을 설득할 수 있게 무슨 근거로 하는 말인지 정도는 말해 줄 수 있잖아?"

"9일이란 긴 시간 때문입니다."

"시일이 짧았으면 가능했고?"

"적어도 80퍼센트는요. 시간 싸움이니까요."

"그건……. 맞다. 증거를 찾는 건 언제나 시간 싸움이었으니까. 다녀오마."
　"넵! 기다립지요."

사이트 커뮤니언

　배수철이 자리를 비우고 난 뒤 실내에 가득 찼던 손님들이 한바탕 휩쓸고 간 식당 안은 이제 멀찍이 물러나 있던 정적이 제자리를 찾아든 듯 조용했다.

　격자창의 칸막이에 에워싸여 그 혼자만의 시간을 갖고 있던 담용은 립스틱 자국의 정체를 밝혀내야 하는 일을 앞에 두고 그 나름대로의 준비에 여념이 없었다.

　바로 결가부좌를 한 채 명상을 하고 있는 자세가 이를 뒷받침해 주고 있었다.

　언제 무슨 연유인지 모르나 허락도 없이 찾아온 미지의 기운.

　자신의 몸속을 제 놀이터인 양 마음대로 좌충우돌하며 휘

돌던 미지의 기운이 어느 날 갑자기 정리가 되어 가는 느낌이 든다 싶었다. 그러다 돌연 꼬리뼈부터 정수리까지 전신을 짜르르하게 하는 전류로 화해서는 척추를 타고 올라 백회혈을 터치하고는 다시 되돌아가기를 반복하는 사태가 발생했다.

번연하게 태가 나고 온몸으로 느껴지는 터라 모르려야 모를 수가 없었다.

그러나 그 한 번의 경험은 항상 불안한 마음으로 좌충우돌하는 기운을 지켜만 봐야 했던 조바심을 버리는 계기가 됐다.

이는 태초의 혼돈이 질서를 찾은 듯한 기분과 같아 비로소 상존하고 있던 위험이 가셨다는 것을 알았다.

하지만 이런 현상 자체가 뭘 의미하는 것인지 알지 못하는 담용은 전에 없던 변화를 일으킨 것을 기화로 시간을 쪼개 연구를 하지 않을 수 없었다.

바로 '기'에 관한 공부였다.

많은 자료들을 섭렵해 본 결과, 지난 삶에서도 얼핏 들여다본 적이 있었던 '차크라'에 가장 가깝다는 것을 알았다.

아울러 미지의 기운이 지나는 통로가 차크라의 통로임을 확신하고 명칭까지 부여했던 것이다.

그리고 간단없이 수련을 해 온 지도 벌써 2주일이 다 되어가고 있었다.

여태껏 부작용을 느끼지 못했기에 더 열심이었던 것도 같다.

지금도 가만히 결가부좌를 틀고 앉아 명상 수련에 임하고 있는 것 역시 자신감의 발로였다.

명상은 나디의 통로에 존재하는 일곱 개의 차크라를 차례로 통과하는 것이다.

눈을 감고 가만히 호흡을 해 본다.

숨을 들이쉬고 내쉬고 다시 한 번 크게 들이쉬고 내쉬고를 반복한다.

그러고는 자신의 내부를 관조하듯 첫 번째 차크라부터 일곱 번째 차크라까지 차례대로 하나씩 지켜본다. 아니 느껴본다.

담용의 능력은 자신조차도 그 근원이 어디서 시작됐는지 모른다. 새 삶이 시작되면서부터 저절로 생긴 이능이 아닐까 하고 막연히 생각할 뿐이다.

하지만 실상은 120여 년 전 인도의 성자였던 두쉬얀단이 마하사마디(열반)에 들면서 남긴 수행의 정화인 차크라다.

물론 담용은 그렇게 인연이 이어졌다는 것을 모른다.

아무튼 그 어떤 성자들도 따르지 못할 만큼 농축되고 응축된 차크라는 담용이 그저 관조하는 것만으로도 열리게 되어 있는 기운이다. 그 덕분인지 회음혈 부위에 위치한 첫 번째 차크라를 여는 것은 무척이나 쉬웠다.

회음혈 부위는 바른 자세로 앉을 때 바닥에 닿는 부분이다. 그곳에 살짝 간지럼이 일었다.

모든 에너지의 근원이며 생명력과 성性 에너지를 관장하는 곳.

여인의 처녀성이 파과가 되듯 빨간 꽃이 피어나는 것을 상상해 봤다.

활짝 피어나는 빨간 꽃을 바라보면서 숨을 들이쉬고 내쉰다.

이어서 단전이라 부르는 부분으로 기운을 슬쩍 보내 봤다.

배꼽에서 약 5cm 밑쪽으로 들어간 부위, 즉 단전이라 불리는 곳. 바로 두 번째 차크라다.

첫 번째 차크라와 함께 체력과 정력이 직접적으로 관련되어 있는 두 번째 차크라다.

이곳에서 주황색의 꽃이 피어남을 상상해 본다.

다름 아닌 만개한 주황색 꽃이다.

이어 세 번째 차크라.

명치 부근과 가슴, 단전의 그 중간에 위치해 신체의 기능을 조절하는 부위다.

바로 노란 꽃이 피어나는 자리다. 그것도 이미 활짝 핀 노란 꽃을 볼 수 있어야 한다.

두쉬안단의 차크라는 이미 담용의 몸속을 유영하며 그렇게 길을 만들어 놓아 통로를 지나는 데 거부감이라곤 없었다.

담용은 그렇듯 차크라를 통해 생긴 기운을 달리 부르지 않고 그냥 똑같은 낱말인 차크라라고 명명한 것이다.

다음은 네 번째 차크라의 자리로 흉부의 정중앙에 위치해 있다.

녹색 꽃을 볼 수 있는 부위이나 담용의 경우는 곧바로 황금색의 만개한 꽃으로 바뀌어 버렸다.

사랑과 헌신의 에너지가 봇물처럼 터져 나오는 근원지다.

고로 내면의 눈으로 가슴에 만개해 가고 있는 황금색 꽃을 볼 수 있는 곳이다.

물론 상상의 꽃일 뿐이나 한 톨의 잡념도 없이 온전히 상상할 수 있어야 한다.

이제 다섯 번째 차크라의 차례.

창조성과 관련된 목울대 부분이다.

지겹도록 천천히 피고 있는 파란 꽃을 상상해야 하는 부위다.

그리고 곧 인당혈 부위.

바로 여섯 번째 차크라의 자리가 위치한 부위다.

제3의 눈이라고 불리는 인당혈은 보라색 꽃이 피어나는 자리로 천천히 피어나는 것을 시작으로 활짝 만개할 때까지의 끈기와 기다림이 필요한 인내의 관문이다.

참으로 적지 않은 수고가 필요한 이유는 바로 각성을 이루는 부위이기 때문이다.

직관력이 증폭되고 눈앞의 현실을 변화시킬 만한 폭발적인 에너지가 머물고 있는 곳이다. 즉 상상하는 자체가 에너지의 집합체를 이루는 부위라 경지에 이르면 독심술까지 가능하다.

마지막 일곱 번째 차크라.

인체의 하늘이 닿는 곳, 다름 아닌 백회와 정수리 부근을 일컫는다.

바로 무명화라 불리는 백화(白花-흰 꽃)가 피어난다.

그러나 소우주라 불리는 인체가 완벽한 조화와 통합을 이루었을 때, 백화(百花-백 가지 색의 꽃)가 만개한다.

물론 상상이나 그 속에 빠져들어 현실이 되어야 하는 것이 포인트다.

고로 첫 번째부터 일곱 번째 차크라까지 활짝 피어 있는 꽃들을 차례대로 관조하면서 들숨과 날숨을 이어 가야 한다.

이때에야 비로소 호흡과 더불어 피어난 꽃들을 통해 맑은 에너지가 자신의 몸에 들어와 온전히 자리하는 것을 느낄 수가 있다.

'후우읍! 후우우우-!'

나디를 통한 차크라의 수련은 한동안 그렇게 지속됐다.

그러다가 내부에 차크라가 꽉 차는 느낌이 든 담용은 불현듯 심신이 날아갈 듯한 기분에 저절로 눈이 뜨였다.

번—쩍—!

번갯불을 연상케 하는 섬광 같은 빛이 나타났다가 착각인 듯 금세 사라지면서 갈무리됐다.

'후아, 상쾌하구나.'

몸의 컨디션이 상당히 좋아진 것 같았다.

'아직 안 왔나?'

시간을 확인해 보니 오후 세 시다. 배수철이 자리를 비운 지도 얼추 두 시간이 다 되어 간다.

'바쁜데…….'

담용 자신은 절대 한가한 몸이 아니었다.

하지만 시간을 쪼개서라도 확인할 것이 있어 시간을 내고 있는 중이었다.

다름 아닌 자신이 가진 능력을 검증해 보기 위해서다.

일단은 영적 감응이 먼저다.

평소에도 가능한 것이지만 확신을 하지 못해 수사에 적용해 보려는 것이다.

물론 배수철을 돕고 싶은 마음도 없지는 않지만 그것이 전부가 아닌 것이다.

'그러고 보니……. 여태 화장실을 한 번도 안 갔구나.'

심하게 요의를 느낀 담용이 자리에서 일어섰다.

칸막이를 나서자 넓은 실내에 중년의 손님 두 명이 마주 앉아 식사를 하고 있는 모습이 들어왔다.

담용의 기척에 계산대에 앉아 있던 여주인이 눈이 마주치자 환하게 웃으며 말을 걸어왔다.

"이제 끝났어요?"

"예?"

"두 시간이 다 되도록 눈만 감은 채 꼼짝도 않고 계셔서 뭘 하시나 했어요."

"어? 봤습니까?"

"네. 심심하실까 봐 말동무라도 되어 드리려고 갔다가 보게 됐지요."

"하하, 생각할 게 좀 많아서요."

　쑥스러운 표정을 짓다가 화장실 표식을 본 담용이 곧장 걸어가면서 말했다.

"선배님한테서 연락 온 것 없지요?"

"네, 신월동이라면 차가 막힌다 해도 얼추 도착할 시간이 된 것 같네요."

　여주인도 담용이 가지 않고 죽치고 있는 이유가 애인인 배수철과 관계가 있음을 대충 짐작하는 듯했다.

　담용이 화장실로 들어가자 여주인이 주방 쪽을 향해 소리쳤다.

"이모! 도사님께 과일 좀 갖다 드려요."

"알았네."

　잠시 후, 화장실에서 나오던 담용의 눈에 두 중년인이 카운터에서 식대를 계산하는 것이 보였다.

단골손님이었던지 서로가 대하는 데 스스럼이 없어 보이는 모습이다.

그리고 듣지 않으려고 해도 들려오는 걸걸한 목소리.

중절모에 생활 한복을 입은 중년인의 음성이다.

"그렇게 젊은 사람이 관상을 본단 말이오?"

"그럼요. 어찌나 정확하게 맞히는지 우리 모두 얼마나 놀랐는지 아세요?"

"허어. 명리학이란 게 그리 간단한 공부가 아닌데……."

"명리학요?"

"관상학을 달리 명리학이라고 하지."

"아! 그 사람도 그런 말을 한 것 같아요."

"그려?"

"네."

"그래도 믿기지가 않는군그래."

"그건 송 사장님이 직접 겪어 보질 않으셔서 그런 말씀을 하시는 거라구요."

여기까지 척 들어 보니 담용이 화장실 안으로 들어갈 때, 여주인이 '도사'라고 부른 소리가 빌미가 된 듯했다.

'쯧, 나라도 안 믿겠다.'

머리에 솜털도 안 난 놈이 관상이라니!

누가 들어도 코웃음 칠 일이다.

이유야 당연한 것이 명리학이 그만한 공부가 뒤따라야 하는 것도 있지만, 오랜 세월을 살아오면서 수많은 사람들과 접촉하는 와중에 자연스레 형성되는 경륜을 절대 무시하지 못하기 때문이다.

　그러니 중년인들이 믿으려 하지 않을 수밖에.

　"아! 저기 마침 나오시네요."

　마치 당신 땜에 억울한 일을 당하고 있으니 구해 달라는 표정으로 반기는 여주인이다.

　담용은 차크라를 운용해 중년인들이 함부로 범접하지 못하도록 조금은 냉랭한 기운을 뿜어내며 카운터로 갔다.

　"왜…… 그러시죠?"

　"네, 이 두 분은 저희 식당 단골손님이신데 젊은 분이 관상을 기가 막히게 본다니까 그 말을 믿으려 하지 않으시는군요."

　"하하하, 당연하지요. 명리학이란 게 오랜 경륜과 깊은 공부가 한데 어우러져야 비로소 겨우 길이 보일락 말락 하는 학문이니까 그렇지요."

　탁!

　"옳거니! 거…… 말 한번 제대로 하는구먼."

　두 사람 중 생활 한복 차림의 중년인, 즉 송 사장이라 불린 이가 계산대를 치며 의외라는 눈빛으로 담용을 쳐다보았다.

　하나 그런 시선을 받는 담용에게는 뭔가 섬뜩한 느낌이 확와 닿았다.

'엉? 이분…… 주, 준두準頭가 왜 이리 시커먼 거야?'

중년인의 코끝이 까매져 있는 것을 확인한 담용이 곧장 옆의 중년인의 안색을 살펴보았다.

'어라라? 이분은 또 좌우 귀에서부터 검은색이 내려오고 있네.'

이는 검은 기운이 턱 쪽으로 점점 내려오고 있다는 뜻이다.

검다고는 하지만 실제로는 멍이 조금 심하게 든 정도의 색깔일 뿐이다.

물론 그것조차도 범인은 아무리 봐도 알아보지 못할 정도의 흔적이라 그러려니 하는 수준밖에는 되지 않는다.

그러나 관상학에 공부가 깊은 사람이라면 어느 정도 감지가 된다.

다만 공부의 깊이가 어떠냐에 따라 행이든 액이든 그 시기를 짐작할 수 있음이다.

'이거…… 횡액상인데.'

아무리 봐도 그것 외에는 없었다.

얼굴에 검은 기운이 깃드는 것이 결코 좋을 리가 없는 상이다.

관상학적으로 보아 인간이라면 절대적으로 피해야 할 상이 바로 이 검은 기운인 것이다.

두 사람이든 세 사람이든 혹은 그 이상의 사람이든 같이 모여 있는 이상 피해 갈 수 없는 공동 운명체의 횡액상.

'이게…… 뭐, 뭐지?'

한 번도 경험해 보지 못한 상황이나 갑자기 가슴이 두방 망이질을 시작한 것으로 보아 시간이 촉박하다는 것이 감지 됐다.

다급해지는 기분에 담용이 식당 안을 살펴보았다.

그러나 어디에도 돌발 사태가 일어날 기미는 보이지 않았다.

하지만 담용의 차크라는 그 일이 당장이라도 발생할 징조임을 경고하고 있었다.

'뭐야? 벌써 수명판을 건드린 건가?'

차크라의 부작용인지는 모르나 사람의 관상이 보이기 시작한 이후로 생긴 용의 역린을 건드린 것 같은 두려움이 일었다.

저 두 중년인이 요행히 횡액을 피했다고 해서 사라질 흉사가 아님을 아는 담용은 내심 식겁했다.

'이거야 원…….'

문득 여주인의 얼굴을 살펴보고 싶어졌다.

아직 일어나지 않는 이유가 있다면 거기에 대응하는 기운을 지닌 사람이 주위에 있기 때문인 것은 상식이다.

이른바 월별에 따라 그 성질과 기세가 변하는 기색의 상이다.

담용 자신은 아닌 것을 안다. 두 중년인은 더더욱 해당 사항에 없다.

그렇다면!

"저기……."

입을 떼려던 담용이 계산대로 성큼 다가섰다.

"왜, 왜 그러세요?"

눈을 동그랗게 뜬 여주인의 물음에도 담용은 얼굴만 뚫어져라 쳐다보다가 이내 탄성을 발하며 계산대를 탁탁 쳐 댔다.

"아아! 삼, 육, 구, 십이월 중에 지금이 유월이니 우리 여사장님의 기색 덕분이었구나."

"네에? 무, 무슨 말씀이신지……."

당최 뜬금없는 말, 당연히 의문스러울 수밖에.

"아아, 이따가 설명을 해 줄 테니 일단 경찰에 전화부터 걸어요."

"예? 아, 아니 왜요?"

"이 근처에서 곧 사고가 일어날 테니 사람을 살리려면 지금 신고해야 돼요. 빨리요!"

아직까지는 감일 뿐이지만 차크라가 강력한 메시지를 보내오는 느낌에 실제로 일어날 것 같아서였다.

"아, 알았어요."

그래도 용한 도사라고 인정하고 있는 사람의 말이라 거부할 수가 없었던 여주인은 유사시를 위해 단축번호 키로 정해 놓았던 1번 버튼을 눌렀다가 뗐다.

곧 신호가 울리고 굵직한 남자의 음성이 들려왔다.

−예, 강남경찰서의 배옥권 경사입니다. 무엇을 도와 드릴까요?

"네. 여기 강남해장국집인데요."

−아, 네. 압니다. 무슨 일이십니까?

"이상하게 들릴지 모르지만 이곳으로 급히 출동해 주시겠어요?"

−예? 사고가 터졌습니까?

"그게……. 아무튼 119구급차도 같이 출동해 주세요."

−그래도 무슨 일인지를 말씀해 주셔야……

"끊을게요."

꾸욱.

말을 더 계속했다가는 실없는 사람이 될 것 같았기에 여주인은 경찰의 말이 끝나기도 전에 버튼을 눌러 전화 통화를 끝냈다.

그러자 담용이 두 중년인에게 말했다.

"이상하게 들릴지 모르지만 지금 두 분은 큰 위기를 모면한 것 같습니다."

"엉? 큰 위기를 면했다니, 뜬금없이 뭔 똥딴지같은 소린가?"

"아니, 나이 많은 어른들에게 그 무슨 실례의 말인가?"

두 중년인은 화를 버럭 낸 것은 아니었지만 지극히 불쾌하다는 표정을 자아냈다.

만약 용어를 순화하지 않고 횡사할 뻔했다고 말했다면 당장 멱살이라도 잡았을 것이다. 사실은 그것이 더 적합한 말임에도 불구하고 말이다.

"그 이유는 두 분이 당장 서로의 얼굴을 쳐다보시면 알게 될 겁니다. 송 사장님은 코끝에 검은 기운이 걸려 있고 친구 분은 양쪽 귀에서 턱 쪽으로 내려오고 있는 중입니다. 그리고 검은 기운이 모두 없어지기 전에는 위기가 아직 사라진 게 아니니 계속 조심하셔야 할 겁니다."

한바탕 수련을 방금 끝낸 터라 기력이 어느 때보다도 충만한 상태라 거짓일 리가 없다고 자신하는 담용이다.

두 중년인이 서로의 얼굴을 확인할 때다.

담용의 시선에 식당 앞으로 승용차가 지나가는 것이 보였다.

식당이 큰 도로에서 약간 들어와 골목에 연해 있는 위치라 진입을 하기 위해서 전면의 주차장을 거쳐야만 했다.

한데 까만 승용차가 막 식당 앞을 지나치자마자 주차장에 세워져 있던 승용차에서 검은 기운이 생성되더니 곧장 뒤따르는 것이 눈에 선하게 들어오질 않는가?

'헉!'

문득 수명판(?)이 상대를 바꾸는 모습이 저럴 것임을 감지한 담용이 기함을 했다.

'저, 저, 저……'

극도의 불안감이 엄습해 오는 것을 느낀 담용은 이런 현상을 보게 된 자신의 능력이 어디에서 기인한 것인지를 알아챘다.

'사, 사이트 커뮤니언(sight communion : 시각적 교감)!'

영적 교감 중 시각에 의해 감응하는 예지능력을 말함이다.

하지만 깊이 생각할 여가가 없는 담용은 퍼뜩 드는 생각이 있어 두 중년인에게 물었다.

"혹시 차를 가지고 왔습니까?"

"그러네만……"

"주차장에 세워 놓은 저 차입니까?"

"내 차일세."

중절모를 쓴 중년인의 소유였다.

"이런! 저기 대로로 진입하려는 까만 승용차가 두 분의 운명을 대신하고 있는 것 같습니다."

말이 끝나는 순간 다급한 기색이 역력해진 담용이 신발도 신지 않은 채 실내를 박차고 나가면서 고함을 질렀다.

"스톱! 멈춰-!"

끼기기기기긱!

콰앙—!

담용의 고함이 끝나기도 전에 급정거로 인한 타이어 마찰음이 길게 이어진다 싶더니 돌연한 굉음이 터져 나왔다.

"비, 빌어먹을!"

자신도 모르게 생욕이 절로 튀어나왔다.

담용의 눈에 선명하게 들어온 장면은 경사진 대로를 달려 내려오던 덤프트럭이 막 우회전하던 승용차를 가차 없이 들이받는 모습이었다.

굉음은 세상의 시간을 일시지간 멎게 해 버린 듯 급정거한 스키드 마크가 선명한 현장으로 적막감이 몰려들었다.

하나, 적막도 잠시 이내 소란이 일기 시작했다.

담용은 그 즉시 구겨진 휴지처럼 찌그러진 승용차가 나가떨어진 지점으로 먼저 달려갔다.

덤프트럭은 멀쩡한 모습이었고, 운전사의 상태는 너무 높아서 보이지도 않았다.

"이런!"

그야말로 처참한 광경.

얼핏 봐도 승용차도 사람도 휴지조각이나 다름없이 변한 모습에 담용은 차마 더 보지 못하고 고개를 돌리고 말았다.

손을 대고 자시고 할 것도 없는, 그야말로 즉사였다.

'쓰벌. 조금만 빨리 알았더라도…….'

자책을 해 보지만 차크라와 본격적인 교감을 한 지 얼마

되지 않은 담용으로서는 역부족인 상황이었다.

삐뽀. 삐뽀. 삐뽀……

여주인의 신고 덕분이었는지 구급차 특유의 소음이 들린다 싶더니 어느새 그 모습을 드러냈고, 그 뒤를 이어 경찰차가 요란한 소음을 내며 교통사고 현장에 도착했다.

가장 먼저 현장에 도착한 담용으로서는 할 일이 없어 맥없이 물러나야 했다.

그사이 어디서 몰려왔는지 구경꾼들이 길을 막고 있었고, 빌딩마다 구경하느라 유리창 너머로 머리를 내민 사람들로 하얗다.

"어, 어떡해?"

역시나 맨발로 뛰어나왔는지 여주인과 아주머니들의 얼굴이 핼쑥해진 채 안타까운 표정들을 자아내고 있었다.

"너무 잔인하니 그냥 들어가세요."

"그, 그랴. 너무……. 안디얏구먼."

"어떡해? 어떡해?"

어깨를 슬쩍 미는 담용의 손짓에 '어떡해'란 말을 연발하며 여주인이 마지못해 안으로 들어갔다.

출입문을 연 채 멍하니 서 있던 두 중년인의 안색도 그리 편치만은 않은 듯 깊이 가라앉아 있었다.

담용이 들어서는 것을 본 송 사장이 다급히 물어 왔다.

"이, 이보게, 사, 사고가 날 줄 어떻게 알았는가?"

"두 분의 관상을 보고요."

"그, 그럴 줄 알았네."

"……?"

순순히 인정하는 것을 보고 오히려 담용이 의아해했다.

"확인이 되던가요?"

"그러네. 난 준두가 까맸고 이 친구는 귀에서 시작된 흑기가 턱에 닿기 직전이었다네."

"바로 보셨군요. 그게 뭘 뜻하는 건지 아십니까?"

"나는 횡액을 당할 상이었고 이 친구는 죽지는 않더라도 큰 재앙을 당할 상이었지. 맞는가?"

"정확하게 짚었습니다. 그게 관상학에서 보면 횡사橫死하는 전형입니다. 혹시 철학관 같은 그쪽 분야에 관련이 있는지요?"

"크흐흠, 그, 그러하이."

"아! 어쩐지……."

대답을 듣고서야 중절모에 생활 한복을 입은 모습이 그런 직업을 가졌으리라 싶은 담용이다. 아마도 철학관을 직접 운영하고 있을 것으로 보였다.

"이, 이보게, 근데 어째서 저 사고가 우리를 대신했다는 건가?"

"간단합니다. 두 분이 평소처럼 식대를 치르시고 나가셔서 차에 시동을 걸고 골목을 빠져나가는 시간을 계산해 보시면 답이 나오니까요."

"……!"

"근데 오늘은 생각지도 않게 여사장님이 도사라고 한 말에 관심을 보여 잠시 지체하신 덕에 사고를 모면하시게 된 거지요. 그런 생각이 안 드십니까?"

"크흐흠, 젊은이의 말을 듣고 보니 아니라고도 할 수 없군 그래. 한데 그렇게 되려면 우리보다 운이 더 센 사람이 옆에 있어야 하는 게 상식인데 여기 그런 사람이 있는가?"

"있지요. 바로 여사장님이십니다."

"어머머, 제, 제가요?"

"엥? 여자가 남자인 우리 둘보다 기가 세다고?"

"예, 지금 이 순간만큼은요."

"허얼! 어디……. 설명을 좀 해 보게."

"뭐, 어려울 것 없지요. 여사장님, 아까 제가 했던 말을 기억하고 있으면 말해 보시겠어요?"

"아! 삼, 육, 구, 십이월 어쩌고 한 거 말이에요?"

"예, 바로 그거요."

"그러니까……."

여주인이 잠시 생각을 하더니 담용이 한 말을 그대로 읊었다.

"삼, 육, 구, 십이월 중에 지금이 유월이니 저의 기색 덕분이라고 했어요."

"기억력이 무척 좋네요."

"뭘요."

"두 분 들으셨죠?"

"호, 혹시 그거……. 십이월 기색이라고 하는 것 아닌가?"

"왜 아니겠습니까?"

"거참, 젊은 사람의 명리학이 어찌 그리도 고명하누? 어디 설명을 좀 해 주시겠는가?"

철학관을 하는 송 씨의 말투가 조금 바뀌었다.

"일월부터 십이월까지 설명하자면 말이 길어지니까 생략하고 유월만 가지고 얘기하도록 하지요. 간단합니다. 코와 두 관골만 가지고 논하면 되니까요. 뭐, 잘 아시겠지만 관골은 광대뼈를 말합니다. 여주인의 얼굴을 한번 보십시오."

두 중년인의 시선이 여사장에게로 향했다.

물론 담용의 말을 하나도 놓치지 않고 듣겠다고 서성거리고 있는 아주머니들도 마찬가지였다.

"관상을 볼 때 그 색감 중에 황금빛이 나는 것만큼 좋은 게 없습니다. 보십시오. 오늘따라 여사장님의 얼굴이 황색으로 완연하게 물들어 있다는 걸 아실 겁니다. 바로 유월 특히 오늘 이 시간은 천지만물과 동화되는 절정기라고 말할 수 있겠습니다. 이는 그 시기가 관상과 어울러진다면 누구나 지니고 있는 천운이라 공평한 것이기도 합니다."

담용의 말에 날개를 달아 주는 말은 주방장 아주머니에게서 제일 먼저 나왔다.

"글게. 우찌 오늘따라 화장이 잘 먹었다고 생각했는데, 거기 아이라 시기가 맞아서 빛이 난 거구먼."

"그러게 말이우. 난 어디 가서 피부 미용이라도 하고 온 줄 알았수."

"어머나! 저 피부 미용 안 받았어요."

"알어, 알어. 거기 갈 시간도 없었을거구먼."

"암은. 그건 우리가 잘 알제. 도사님, 근디 그때를 우찌 안다요?"

"아, 아침에 일어났을 때 그날따라 몸의 컨디션이 유달리 좋다고 느껴질 때가 그런 날일 확률이 높은 걸로 알고 있습니다."

"그렇구먼."

고개를 끄덕이는 주방 아주머니의 말을 뒤로한 담용이 두 중년인에게 말했다.

"관상학에서 황색은, 그것도 밝은 황색은 홍색이나 자색 또는 푸른색을 뒤덮습니다. 오늘따라 이곳 여사장님이 그러하니 그 덕에 두 분께서는 위험을 모면하신 겁니다."

"으으음, 그 대신에 다른 생목숨이……."

담용이 확신하고 내뱉은 말임에 거부하지 않은 송 사장의 음색은 풀이 잔뜩 죽어 있었다.

"아, 그렇다고 죄책감을 가지라는 건 아닙니다. 순서의 차이일 뿐이니까요. 우리 모두 다 말입니다."

언젠가는 차례가 온다는 말이다.

"아무튼 고맙네."

"하하핫, 저보다는 여사장님께 고맙다는 말을 하셔야 합니다. 오늘 가장 강한 기운을 지닌 사람이니까요, 하하하……."

비극이야 있었지만 훌훌 털어 내고 크게 웃음을 터뜨린 담용은 오늘의 일로 인해 뜻하지 않게도 '시각적 교감'이 확인된 것에 지극히 만족했다.

때를 맞췄는지 문이 열리는 소리가 들리면서 배수철과 최호철이 들어서고 있었다.

"여어! 많이 기다렸지?"

"심심하지 않았으니 괜찮습니다."

"그러게. 입구 쪽에 큰 사고가 있었던 것 같더군. 그래서 한 바퀴 빙 돌아서 왔지."

"맞습니다. 사람까지 죽은 것 같더군요."

"오랜만일세."

최호철이 담용에게 악수를 청해 왔다.

"예. 요즘 고생을 많이 하신다고 들었습니다."

"늘 당하면서 사는 일인걸 뭐. 모쪼록 잘 부탁하네."

배수철에게 모든 얘기를 들은 듯 눈빛이 관심으로 가득 차 있다.

"최선을 다해 보지요."

"자, 여기 있다."

문제의 증거물이 든 불룩한 종이봉투를 담용에게 건넨 배수철이 여주인에게 말했다.

"반장님도 오셨으니 막걸리 좀 내와요."

"지금 근무 중이잖아요?"

"몇 잔 정도는 괜찮으니 가져와요."

"아, 알았어요."

최호철의 눈치를 슬쩍 본 여주인이 냉장고로 향했다.

그사이에 담용은 예의 격자창의 칸막이 안에서 하얀 머그컵 하나를 앞에 두고 째리듯 쳐다보며 차크라를 운용하고 있는 중이었다.

눈동자의 초점이 모인 곳은 바짝 말라 있는 립스틱 자국의 흔적이었다.

그것도 차를 마시는 듯 마는 듯 했는지 양이 지극히 적다.

아마도 국립과학수사연구소에서 DNA를 추출하느라 긁어낸 탓도 있을 것이다.

차크라의 통로는 극고의 경지에 이르기 전에는 마음먹은 대로 아니 무작위로 뛰어넘을 수가 없다. 고로 첫 번째 차크라부터 열고 순차적으로 하나씩 통과를 해야만 했다.

일곱 번째 차크라까지는 필요 없다고 하더라도 제3의 눈이라고 불리는 인당혈까지는 도달해야 했다.

끈기와 기다림이 필요한 인내의 관문인 점을 감안하면 시간이 꽤나 허비되는 일이었다.

하나 각성을 이루는 분야가 적지 않아 가장 효용성이 많은 부위이기도 했다.

에너지의 집합체답게 직관력의 증폭, 독심술, 영적 감응 등이 가능한 부위인 것이다.

그렇다고 존재하지 않는 상대를 딱히 '누구다'라고 지목할 정도로 감응하는 것은 아니다.

단지 그 성향이나 남녀노소의 구분 그리고 특이할 만한 사항 등을 짐작해 낼 뿐이다.

어쨌든 그렇듯 차크라를 운용한 지도 30분이 지나갈 무렵이다.

별안간 담용의 뇌리에서 '퍽!' 하고 댐의 둑이 터지는 듯한 느낌이 왔다.

연이어 당황할 새도 없이 시큼한 냄새가 맡아지고 기질이 강한 성정과 더불어 근육이 꿈틀거리며 역동하는 듯한 느낌에 이은 잡다한 정보들이 전해졌다.

바야흐로 립스틱 자국의 주인과 영적으로 감응이 이루어진 것이다.

한데 채 음미할 새도 없이 그만 끊기고 말았다.

'이런!'

당황한 담용은 그만큼 증거물에 남아 있던 흔적이 미세했음을 의미하는 것이라 여겼다.

아무튼 순식간에 일어난 일이었든 어쨌든 이제는 더 이상 증거물을 사용할 수가 없게 됐다. 립스틱 자국의 주인에 대한 미세한 흔적마저 사라졌기 때문이다.

'젠장.'

퍼뜩 정신을 차린 담용이 그제야 멀쩡히 뜬 눈으로 꿈을 꾸었음을 알았다.

그것도 찰나간에 말이다.

'어라? 뭐, 뭐였지?'

순식간에 지나가 버린 감응이라 내용을 깜빡한 것 같은 기분이다.

얼른 기억을 해 내야만 했다.

시큼한 냄새.

강한 성정.

역동하는 근육.

다행히 세 가지는 기억이 났다. 이 정도라도 어딘가?

근데 좀 이상했는지 담용의 고개가 갸웃갸웃했다.

'뭔가 어색한 것 같은데…….'

여인이 사용하는 립스틱에서 전해지는 감응의 성질치고는 몹시도 강한 성향이었다.

마치 정신과 신체의 불일치에서 오는 정체성의 혼돈처럼 말이다.

'응? 정신과 신체의 불일치?'

다시 한 번 되뇌던 담용은 문득 떠오르는 것이 있었다.

'트, 트랜스젠더!'

그런데 내심으로 뱉어 놓고 보니 지금이 2000년도다. 즉 성전환자가 인정되지도 않지만 중인환시에 드러내 놓고 다니기는커녕 무시당하고 백안시되는 시기인 것이다.

트랜스젠더의 대표 격인 하○○ 씨가 잠시 브라운관에 비치긴 하지만 2001년에 가서야 전성기가 시작된다.

그럼에도 불구하고 딱히 대입이 되지 않는 립스틱의 감응이다.

'이것 가지고 될까?'

범인을 잡기에는 턱없이 모자란 감이 있었지만 일단은 감응이 이루어졌다는 데는 대만족이었다.

아직 결과가 남아 있었지만 소기의 목적은 달성한 셈이다.

한편으로는 달리 대책이 없는 상황이라 찝찝한 기분이기도 하다.

'뭐, 이 정도에서 만족해야지.'

담용은 어쩔 수 없이 칸막이를 나서야 했다.

"육 중사! 겨, 결과가 나왔냐?"

이제나저제나 하며 담용이 나오기만을 기다리던 배수철이 성급하게 물어 왔다.

"그게……. 일단 저도 막걸리나 한 잔 주십시오."

"그, 그래."

담용의 몫으로 미리 준비해 놨던 잔에 막걸리를 가득 채운 배수철이 내밀었다.

"자, 쭈욱 마셔."

"감사합니다."

쭈우우욱.

"카아! 좋다!"

"자, 여기 안주."

받을 것이 있는 배수철이 아주 입안의 혀처럼 군다.

기분 좋게 받아먹은 담용이 입가를 한 번 훔쳐 내고는 입을 뗐다.

시간도 많이 지났고 하니 망설일 것이 뭐 있겠는가?

"두 분…… 트랜스젠더라고 아십니까?"

"트랜스젠더?"

"예."

"아아, 그거 성전환자를 말하는 것 아닌가?"

짝!

"아! 맞다. 남자가 여자로 변신한 거 말이지?"

그래도 반장이라고 조금 더 아는 것이 있었던지 최호철이 아는 체를 하자 배수철도 그제야 생각이 났는지 손뼉까지 쳐 대며 엉덩이를 들썩댔다.

"예."

'제엔장 할. 왜 그 생각을 못 했지?'

한 번쯤은 생각했어야 하는 것이었는데 아직은 떠올리기에 영 어색한 호모사피엔스다.

만약 트랜스젠더가 범인이라면 숫자가 워낙 적어서 잡은 거나 진배없는 일이다.

미확인 DNA가 일치해야 하지만, 그 전에 모조리 불러다가 업소 사장들과 얼굴을 대질시키면 끝인 사건일 테니까.

그래도 조금 더 확실한 정보가 필요했다.

"흠, 성전환자라는 근거는 어디서 나왔는가?"

"과학적인 근거는 없습니다. 그건 아시지요?"

"배 형사에게서 듣긴 했네만……."

"그럼 그대로 믿으시고 트랜스젠더를 중심으로 수사를 해 보십시오."

"아이구. 반장님도 참, 그것만으로도 수사 범위가 확 줄어든 건데 뭘 더 따지십니까?"

"그래도 몇 마디 더 듣고 싶군."

"말해 드리지요."

"고맙네."

"립스틱 자국에서 남자의 냄새가 풍겼다고나 할까요? 이를테면 근육이라든가 강인한 성정 그리고 담배를 피우는 남자 특유의 시큼한 냄새 같은 거요."

"그거라면 확실히 남자가 맞군. 배 형사, 가자."

"어? 이거 마저 마시고……."

"일단 놈을 잡아 놓고 코가 비뚤어지게 마셔 보자고."

"아하하핫. 그거…… 좋죠. 육 중사, 내 연락할게. 미안해."

"저는 여수에 있을 겁니다."

"알았어. 신 중사에게 전화를 한 번 더 때려 놓을 테니까 걱정하지 마."

그거 하나면 보상은 충분했다.

신학성 중사는 나이도 많고 군대 선배이기까지 한 데다 초면이라 껄끄러운 점이 없지 않다.

고로 배수철이 거듭해서 전화라도 넣어 준다면 여수에서의 일이 조금이라도 수월할 것이다.

여수신항으로

"엉? 뭐라고?"

－에이씨, 아직 젊은 사람이 말귀를 그렇게 못 알아듣소?

"인석이? 너, 그렇게 까불다간 내 얼굴을 보는 순간 뒈지게 맞는다."

－에이, 뻑 하면 접주고 그래요? 짱돌이 도청한 거니까 직접 들으면 될 것 아뇨

"짜식이…… 진즉에 그랬어야지."

－쳇! 형님 얼굴을 본 지가 너무 오래돼서 그렇죠. 그 뭐시냐? 커뮤……케션이 안 돼서 그런 거잖아요?

'풋! 이 자식은 되지도 않는 영어를 쓰고 그래?'

그렇다고 대뜸 면박을 주어 기를 죽이는 일은 곤란했다.

그래도 영어를 써 보려고 애쓰는 걸 보니 학원을 다니는 효과가 있는 것 같긴 하다.

"잔말 말고 학원이나 잘 다녀, 짜샤."

—이씨. 잘 다니고 있다고요.

"너……. 8월에 있을 검정고시에 떨어지면 국물도 없을 줄 알아."

—흥! 그깟 것쯤이야 문제없다고요. 애들이 문제지.

"애들도 네 녀석이 다 책임져!"

—엑! 뭐, 뭐요? 애들을 왜 제가 책임집니까?

"인마! 네 녀석 부하들이잖아?"

—그. 그게 제가 검정고시 합격하는 것하고 무슨 관계가 있다고 그래요?

"그럼! 애들은 다 떨어지고 네놈 혼자 합격하면 기분이 좋겠냐?"

—그건…… 아니지만……. 이놈들 머리가 엄청난 돌팍이라서 어렵다구요.

"시끄러워! 무조건 네놈이 책임져!"

—형님! 그거 순 억지인 거 아시죠?

"몰라. 짱돌이나 바꿔!"

—우쒸. 완전 독재라니까. 야! 짱돌! 전화받아!

'후후후…….'

맨날 투덜대면서도 시키는 일은 곧잘 해내는 강인한이다

보니 오늘부터 놈의 밑에 있는 애들은 죽었다고 복창해야 할 것이다. 보지 않아도 강인한이 애들을 '빡세게' 굴릴 테니까.

'쩝. 여태껏 엄한 짓거리만 하다가 갑자기 책상머리에 앉아 공부하려면 좀이 쑤시겠지.'

안 봐도 빤한 것이 머리에 과부하가 안 걸리면 다행일 것이다.

'이따가 명국성이에게도 전화를 해서 점검을 해 봐야겠군.'

이렇듯 조폭이나 깡패로 뒷골목을 누볐던 애들을 담용이 강제로 학원에 등록시켜 학업을 이어 가게 했던 것이다.

비록 검정고시라지만 고등학교 과정 정도는 마치게 하고 싶었던 것이다.

아, 물론 본업(?)은 계속하는 조건으로 합의를 봤다.

일단은 어렵게 구한 구역은 지키고 봐야 하니까.

─여보세요? 큰형님, 짱돌입니다!

"오! 그래. 짱돌, 수고가 많다. 근데 아직 철수를 안 했더냐?"

─에이. 아직 들키지도 않았는데 철수는 왜 합니까?

"인석아, 그러다가 탄로가 나면 어쩌려고 그래?"

─그러지 않아도 감청의 질이 갈수록 떨어져서 철수할까 하던 중이었습니다.

"왜? 배터리가 다된 것 같던?"

─예. 그것밖에는 달리 이유가 없는 것 같아서요.

"그럼 뭘 망설여? 철수해!"

-알겠슴돠. 글고요. 놈들의 통화 중에 여수신항이란 지명이 자꾸 거론되던데요?

"응? 그거 자세히 좀 말해 봐."

-잡음이 심하긴 했지만 여수신항과 더불어 사토 요시다란 이름과 니시무라라는 이름이 몇 번 나오더라구요.

"뭐? 사토 요시다라고?"

-예, 아는 이름입니까?

"아, 아니다."

입으로는 아니라고는 했지만 마포에 있는 정보망팀에서 한번 거론됐던 이름이라 이맛살은 이미 잔뜩 찌푸려진 뒤였다.

정보망팀에 의하면 사토 요시다란 인물은 모리구치구미의 스즈키 조에 속해 있었고, 현재는 여수신항에 파견된 인물 정도로 파악되었다.

그러나 니시무라라는 이름은 금시초문이었다.

뭐, 다른 새로운 이름이 나오더라도 별반 아는 건 없었지만 조금 더 알아볼 필요가 있었다.

"짱돌, 니시무라라는 인물에 대해 다른 정보가 없었냐?"

-아, 있습니다.

"뭔데?"

-혼토란 자가 사토 요시다와 통화할 때 니시무라를 보낸

다고 했습니다. 그리고 니시무라는 코친을 이끄는 자였습니다.

"엉? 코친이라고?"

―예. 그 왜 앞에 나서서 싸우는 싸움닭 말입니다.

"알아. 야쿠자의 행동대원들을 코친이라고 부르지."

―맞습니다. 아마 우두머리 정도 되는 놈이니 부하들도 있으리라 짐작됩니다. 그리고 이미 일찍부터 한국에 진출해 있었던 것 같고요.

"그래, 네 말이 맞는 것 같다."

담용은 짱돌이 의외로 똘똘한 것 같다는 생각을 했다.

나름대로 분석하는 능력도 그렇고 거기에 일본어까지 구사하는 걸 보면 깡패로 있기에는 좀 아깝다는 생각이 들었다.

'녀석을 데려가야겠군.'

어차피 도청도 끝난 상태이고 또 그다지 중요한 일도 없는 때이니 일본어를 아는 짱돌을 여수신항으로 데려간다면 도움이 될 것도 같았다.

또한 군대 동기들 중에 일본어를 구사하는 사람이 아무도 없다는 것도 이유가 됐다.

'니시무라라…….'

마침내 우려하던 야쿠자들이 본격적으로 나서기 시작한 것 같았다.

그것도 싸움닭까지 출동시키면서까지 말이다

'이거……. 여수신항에서 어째 굉장한 싸움이 일어날 것 같은 예감인걸.'

아니, 예감만이 아니라 실제로도 그럴 것 같은 느낌이 들었다.

준비를 한다고는 했지만 야쿠자의 정예 군단이라 할 수 있는 코친까지 출현한다면 많이 미비할 수도 있었다.

'흠, 하 중사에게 뭔가 파격적인 무기를 부탁해 봐야겠군.'

지니고 있는지는 담용도 알 수 없는 일이지만 어떤 식으로든 방안을 강구하긴 해야 했다.

테이저 건이 준비되어 있지만 사거리라야 6~7m가 고작이라 접근전이 아니라면 효율성이 그리 크지 않다.

-아, 여보세요?

"아아, 미안. 그리고 다른 건 더 없었냐?"

-죄송합니다. 몇 마디 더 나누는 것 같았는데 잡음이 너무 심해서 알아들을 수가 없었습니다.

"그래? 할 수 없지."

-아! 글고 영월 말입니다.

"영월?"

-예, 금괴요.

"아아, 그래."

잊고 있었던 건 아니었지만 추적하던 놈들 때문에 아예 입도 벙긋하지 않고 묵혀 두고 있었던 자금이다.

"그게 왜?"

─놈들이 허탕을 치고 왔다는 대화를 들었습니다.

전기장치가 무용지물이 됐을 것이니 추적을 하던 다무라와 그 부하들로서는 불가항력이었을 것이다.

"그으래? 그거 잘됐군."

─키키킥. 근데요. 감청으로 들리는 분위기로 봐서는 엄청열 받은 것 같았습니다. 집기들이 부서지는 소리가 제 귀를 따갑게 했거든요.

"짱돌, 네가 그 상황이 되면 어떻게 했겠냐?"

─크크큭, 저 같았으면 뚜껑이 열린 나머지 새끼들을 다 쥐어 뺄 겁니다, 크크큭.

"짜식, 너 말이다."

─예?

"나를 따라서 여주신항으로 가자."

─에? 크, 큰형님을 따라오라구요?

"응, 가서 날 좀 도와 다오."

─으히히히, 저야 조오쵸. 근데 독사 형님이 어떻게 나올지……

"그건 내가 해결할 테니까 염려 말고."

─히히히, 알았습니다. 근데 제게 무슨 일을 시키실 건데요?

"너 일본어가 되잖아?"

─그야 조금 하긴 하는데요. 혹시 걔네들하고 관계가 있습니까?

"그래, 위험할지도 몰라."

─그건 관계없는데요. 제가 큰형님을 잘 보필할 수 있을지가 더 마음이 쓰이는 거지요.

"지금 사람들이 많이 내려가 있어. 아! 맞다. 그러고 보니 너도 아는 사람들이네."

─예? 누군데요?

"부대에서 훈련을 같이 받은 형들 말이다."

─아아, 알고말고요. 특히 길 중사님하고는 잘 통해요.

"길은철이 말이냐?"

─맞아요. 은철이 형님요.

"그렇다면 더 잘됐네."

─저…… 큰형님.

"왜?"

─혹시 일본어를 하는 사람이 더 필요합니까?

"왜? 너 말고 또 있어?"

─예, 독빡이 걔가 재일교포 출신이거든요.

"엉? 인한이 밑에 재일 교포도 있었어?"

처음 듣는 말이라 담용이 혹했다.

─사실 독사 형님은 애를 잘 몰라요. 그냥 제 친구라고 하

면서 데리고 와서는 잠시 같이 있는 것뿐이라서요.

"그으래? 솜씨는 좀 있냐?"

—일본의 야마구치구미[山口組] 계열에 잠시 몸담고 있었다고 하네요.

"제 입으로 그랬어?"

—예.

"야마구치구미라면 일본 제1의 야쿠자 조직인 건 알지?"

—그럼요. 유명하니까요. 독빡이 녀석이 얘기를 잘 안 하는 편인데 가끔 술을 한잔 마실 때면, 입만 열면 미마와리를 못 해 본 게 한이라면서 징징거리며 울더라구요.

"미마와리?"

—예. 아세요?

"알지. 1년에 몇 번씩 떼거리로 몰려나와 나와바리 주변을 돌며 위세를 떨치는 일종의 행사를 말하는 거다. 간단히 말해 유세하는 거지."

—와아! 잘 아시네요. 맞아요. 독빡이 놈도 그렇게 말했어요.

"독빡이는 헤야즈미 신세를 못 벗어났나 보구나. 그걸 다 부러워하게 말이다."

—으헤! 어, 어떻게 알았어요?

"인석아, 사무실에서 먹고 자면서 청소나 빨래 같은 잡일이나 심부름 따위를 하는 놈이었을 것이니 철없는 놈에게 미마와리가 얼마나 부러웠겠어?"

　－역시⋯⋯. 야쿠자에 대해서도 잘 아시는 걸 보니 큰형님
은 뭔가 다르시네요.

　"객쩍은 소리하지 말고."

　뭐, 야쿠자들을 상대하려니 공부를 안 할 수가 없어 상당
히 많이 들여다보긴 했다.

　흔히 말하는 지피지기면 백전불태知彼知己 百戰不殆를 그도
따르고 있는 것이다. 즉 손자병법 모공편에 나오는 말로 자
신과 상대방의 상황에 대하여 잘 알고 있으면 백번 싸워도
위태로울 것이 없다는 뜻이 아닌가?

　그러니 어쩌겠는가? 당연히 공부를 해 둬야지.

　"그런데 애는 믿을 만하냐?"

　－과묵해요.

　'사내새끼가 그거 하나라도 지니고 있다면 자격은 있지.'

　"만난 지는 얼마나 됐어?"

　－가, 감방에서 만났으니까 한 2년 되어 가네요?

　"뭐? 감방에서 만났다고?"

　－예, 그러면 안 돼요?

　"뭣 땜에 그랬대?"

　－폭력요. 부산에서⋯⋯.

　"흠, 좋아. 일단 만나 보고 결정하도록 하자."

　－아무래도 그래야겠죠? 근데 언제 출발할 건데요?

"준비가 끝나는 대로 조만간에 연락할 테니까 대기하고 있어."

ー옙!

"아참. 너……. 학원을 가야 하지 않냐?"

ー큰형님, 저요. 대학 중퇴거든요?

"어? 그, 그러냐?"

'이놈 봐라.'

담용 자신보다 학력이 나은 놈이 아닌가?

시시하게 봤는데 의외다.

ー예, 일본 좀 진출해 보려고 일어일문학과를 들어갔었죠.

"근데 졸업은 왜 안 했는데?"

ー건방진 귀족 새끼 하나가 하도 깐족거리길래 아작을 내 버렸거든요. 그래서 폭력으로 일 년 좀 넘게 살다 나왔는데 어찌어찌하다 보니 만박이를 통해 독사 형님을 만난 뒤로 이러고 있네요.

"뭐라? 만박이와 친구라고?"

ー히히히. 같은 학번이니 대학 동기인 셈이죠.

'얼레? 그럼 일류 대학인데…….'

만박이 녀석이 서울대 재학 중인 놈이니 짱돌도 서울대란 얘기다.

'그러고 보니 부러운 자식들일세.'

사실 담용도 요즘에 와서 느끼는 것이지만 슬슬 학력 콤플

렉스가 짙어지고 있다. 그래서 기회가 되면 뒤늦게라도 대학 진학을 고민하고 있는 중이었다.

대한민국이 원래 사람을 평가할 때 지닌 재산이나 학력을 주로 보고 결정하는 경향이 있어 더 그런 마음이 들었다.

"복학은?"

─학교로 가서 얘기를 해 봐야 되는데, 굳이 그럴 필요가 있을까 싶네요.

"아니, 왜?"

─감방에 있을 때 일본어를 마스터했으니까요.

'헐─!'

얘기를 하면 할수록 대단한 놈이다.

'이거…… 무선으로 할 얘기가 아닌 것 같군.'

"그럼 별이 하나야?"

─예.

'으음, 저마다 사연 없는 놈이 어디 있겠냐만은……. 짱돌 녀석도 그런 남모르는 사정이 있었군.'

아무래도 여수신항의 일이 끝나면 애들의 사정을 전부 들어 봐야 할 것 같다.

억울하고 분한 일을 당했다거나 또 누구에게 억하심정이라도 있다면 판단을 해 보고 난 다음, 웬만하면 풀어 주는 것이 윗사람으로서의 도리일 것 같아서다.

더구나 독빡이 같은 녀석도 빌붙어 있으니 세세하게 알아

볼 필요가 있었다.

"짜식, 그랬구나. 아무튼 그동안 감청하느라 수고했다."

-히히히, 뭘요. 기다리고 있을 테니 연락을 주십시오.

"알았다. 이만 끊으마."

-넵! 추웅성-!

씨익.

'짜아식.'

꾸욱.

하얀 이빨을 보이며 휴대폰을 끊은 담용이 청계천에서 공구 상가를 운영하고 있는 하동건에게 전화를 걸었다.

한참이나 신호가 가서야 휴대폰을 받는 소음이 들리고 이어서 조금은 숨이 찬 음성이 들려왔다.

-후우, 다, 담용이냐?

"어, 나야. 무슨 일이 있냐? 왜 그리 헉헉대?"

-무슨 일은? 뭘 하나 제작해 보느라 힘이 들어서 그러지.

"뭔데 그래?"

-야! 니네들 지금 전쟁놀이할 거라며?

"엉? 누가 그래?"

-만희가 그러던데?

"오만희?"

-그래, 그것도 쪽바리들이랑 말이다.

"하여간 입이 싸요."

-뭐 어때? 내가 남이냐?

"그야…… 아니지. 근데 그게 왜?"

-인마! 그래도 명색이 5년 이상을 같이 보낸 전우들인데 위험한 전쟁놀이에 그냥 보내면 되겠어? 죄다 시체가 되어서 돌아오면 그 감당을 나더러 어떻게 하라고?

"푸헐! 걱정도 팔자다."

-아무튼! 너 아직 안 내려갔다며?

"응, 이제 내려가 보려고."

-그렇다면 잘됐네. 내게 잠시 왔다가 가라.

"안 그래도 부탁할 것도 있고 해서 그러려고 했다."

-응? 뭘 부탁?

"그게……. 아무래도 야쿠자 놈들이 총기를 소유하고 있는 것 같아서 말이다. 너도 알다시피 일본은 총기 종류에 따라 조립만 하지 않으면 총기 소지가 합법인 나라잖아? 그러니 얼마든지 반입이 가능하지."

-그걸 이제 알았냐? 그놈들이 마음만 먹으면 전투기도 우습게 동원한다는 걸 빤히 다 아는 사실인데.

"하하핫, 그거야 일본은 야쿠자 천국이니 그렇다지만 한국에서야 어림도 없는 일이지."

-그래도 작심만 하면 기관총 정도는 쉽게 들여올 능력이 있는 놈들이라구.

"그건 가능한 얘기군. 그것 땜에 네게 총기 다음으로 강력한 무기가 있으면 부탁하려고 했지."

－테이저 건은 어쩌고?

"테이저 건이 비록 강력하긴 하지만 그건 사거리가 문제더라고."

－맞아. 그 때문에 나도 고민을 좀 했었지. 총기 소지는 아무래도 부담이 많으니까 곤란할 테고 말이야.

"방법이…… 없겠냐?"

－하하핫. 담용아, 걱정 마라. 나 역시 보완할 무기가 없나 싶어서 고민하다가 때마침 적당한 무기를 고안해서 만들어 놨지 않겠냐?

"어? 저, 정말? 진짜?"

－이 자식이 속고만 살았냐? 사람을 좀 믿어 봐라. 앙!

"아아, 너무 반가운 마음에 그만……."

－흐흐흐…… 이해한다. 너도 은근히 걱정을 하고 있다는 것 내가 왜 모르겠냐?

"맞다. 사실 애들 내려보내 놓은 뒤로 잠을 편히 잔 적이 없다."

－왜 안 그렇겠냐? 네가 나서서 주관한 일인데.

"그래, 무슨 일이 일어나든 내가 책임질 일이라서 더 그래."

－당장 와라. 백번 듣는 것보다 한 번 보는 게 나을 테니까.

"오케이! 당장 가마."

부아아앙-!

'이 자식이 왜 이리 속도를 높이지?'

"짱돌, 좀 천천히 가자."

"옙, 큰형님!"

짱돌에게 주의를 준 담용이 조수석에 앉은 독빡이에게 말했다.

"독빡, 계속해 봐라."

"옛! 신주쿠에 가면 가부키쵸라는 골목이 있습니다."

"들어는 봤다. 대단한 유흥가라지?"

"그렇습니다. 그야말로 환락가의 대명사인 곳이죠. 거기서 모친이 호스트바에서 일하시고 계십니다. 저는 한때 삐끼로 일을 했었고요."

"흠."

"어머닌 제가 그런 일을 하는 걸 늘 안타까워했지요. 그러다가 우연히 야쿠자 조직에 몸을 담고 있는 친구를 만나 헤야즈미부터 시작하게 됐지요."

알고 있는 얘기라 담용이 말을 끊었다.

"부산은 언제 왔어?"

"2년 전에요."

"뭐하러?"

"울산이 어머니 고향이라고 해서 외삼촌을 만나러 왔었지요."

"그런데?"

"이미 세상을 뜨셨더라구요. 그래서 돌아갈까 하던 중에 그만 신정동사거리에서 시비가 붙는 바람에…….

"비자는?"

"감방 간 것 땜에 아직 살아 있을……. 아니, 잘 모르겠습니다."

"뭐, 상관없다. 비자에 문제가 생겼다면 해결하면 될 일이니까. 너…… 내 밑에 있는 건 어떠냐?"

이런 제의는 관상을 보고 난 후 결정을 하고 하는 말이었다.

"전 형님을 잘 모릅니다."

"당장 결정하란 소린 아니니까 부담 갖지 마라. 대신 이번 여수신항에서의 일은 협조를 좀 해 줘야겠다."

"그건 당연한 일입니다. 그러려고 따라왔으니까요."

"그래. 몸빵들은 충분하니까 너희 둘은 일본인 행세만 하면서 실컷 먹고 즐기면 돼. 알았지?"

"옙! 그때그때 상황에 맞는 얘기만 해 주시면 밥값은 충분히 하겠습니다!"

탁탁.

"그래, 부탁……. 응?"

디리리. 디리리리…….

휴대폰에서 진동이 울리는 것을 느낀 담용이 얼른 꺼내서 폴더를 열었다.

'심종석이로군.'

"종석아, 나다."

-어디쯤 왔어?

"여기가……. 짱돌, 어디쯤이냐?"

"순천을 막 지났는데요?"

"종석아, 막 순천을 지났단다."

-그럼 한 시간이면 도착하겠네.

"그보다 신 중사님은 찾았냐?"

-이미 여기에 와 계시다.

"어? 그래? 대접 좀 잘하고 있지 그러냐?"

-벌써 혼자서 막걸리를 네 병째 마시고 계신다.

"야야, 술에 취하시면 곤란하잖아?"

-어이! 배수철이가 그렇게 칭찬하던 후배가 자넨가?

"……!"

난데없이 칼칼한 음색의 목소리가 들려오자 담용이 잠시 당황했다.

아마도 답답했던지 심 중사의 휴대폰을 낚아챘나 보다.

"아, 예예. 충성! 육담용 중삽니다, 선배님."

–푸헐! 여긴 군대가 아니네. 편하게 대하게나.

"알겠습니다. 조금만 더 기다려 주십시오. 한 시간 안에 도착합니다."

–그러지 빨리 오게나. 안주가 다 식고 있으니까.

"옙! 이만 끊겠습니다."

–곧 보자고.

탁!

"짱돌, 교통위반 안 걸리는 선에서 속도를 좀 내봐라."

"히히히, 그 말씀을 기다리고 있었습니다요."

꾸우우욱. 부아아아아앙–!

다음 권으로 이어집니다

꿈의 도약, 로크에서 하십시오
(주)로크미디어에서 신인 작가를 모십니다

즐거운 세상, 로크미디어는 꿈을 사랑하고 도전을 두려워하지 않는 작가 분들의 참신한 작품을 기다리고 있습니다. 21세기 장르 문학계를 이끌어 갈 차세대 선두 주자 (주)로크미디어에서 여러분의 나래를 활짝 펴 보시길 바랍니다.

모집 분야 판타지와 무협을 포함한 장르 문학
모집 대상 아마추어 작가, 인터넷 작가
모집 기한 수시 모집
작품 접수 시 유의 사항
1. 파일명은 작가명_작품명.hwp형식을 갖춰 주십시오.
1. 파일에 들어갈 내용은 다음과 같습니다.
    — 성명(필명인 경우 실명을 밝혀 주세요), 연락처, 이메일 주소.
    — 제목, 기획 의도.
    — A4용지 1장 분량의 등장인물 소개.
    — A4용지 2장 분량의 전체 줄거리.
    — 본문.
1. 작품이 인터넷에 연재되고 있다면, 게시판명과 사이트의 구체적이고 정확한 주소를 기재해 주십시오.

선택된 작품은 정식 계약 후 출판물로 간행되어 전국 서점에 유통됩니다.
작가 분은 (주)로크미디어의 전폭적인 지원하에 전속 작가로 활동하시게 됩니다.
※ 자세한 내용은 로크미디어 홈페이지(rokmedia.com)를 참조하세요.

(140 – 133)서울시 용산구 원호로97길 46 진여원빌딩 5층
(주)로크미디어 편집부 신간 기획 담당자 앞
전화 : 02 – 3273 – 5135
www.rokmedia.com   이메일 : rokmedia@empas.com